さよならがまだ喉につかえていた

サクラダリセット4

河野 裕

角川文庫
20112

目次

主な登場人物

浅井ケイ（あさい けい）　一度見聞きしたことは決して忘れない「記憶保持」の能力を持つ。芦原橋高校一年生。

春埼美空（はるき みそら）　世界を最大三日分元に戻す能力「リセット」を持つ少女。芦原橋高校一年生。

相麻 菫（そうま すみれ）　「未来視」の能力を持つ。七坂中学校二年生。

津島信太郎（つしま しんたろう）　芦原橋高校の教師。「奉仕クラブ」顧問。管理局局員でもある。

世良佐和子（せら さわこ）　芦原橋高校一年生。

皆実未来（みなみ みらい）　芦原橋高校一年生で、ケイ、春埼のクラスメイト。U研（未確認研究会）に所属。

野ノ尾盛夏（ののお せいか）　咲良田の猫の動向を把握している。眠ったような状態のとき、能力を発揮する。大宮高校一年生。

宇川沙々音（うかわ ささね）　チョコレート菓子が好きな女性。

ビー玉世界とキャンディレジスト

0

「目を閉じて。貴女（あなた）がいちばん、綺麗（きれい）だと思うものを想像して」

と、先生は言った。

幼い少女は、先生のことが大好きだった。だからとても素直に目を閉じて、いちばん綺麗だと思うものを想像した。なんとなく思いついたのは、手のひらに載るくらいのサイズの、きらきらと輝くカラフルな球体だった。

先生は続ける。

「それが、貴女の綺麗なもの。貴女の胸の中にある、とても綺麗なもの」

確かに、それはある。

あるのだと思った。

「貴女が思い浮かべたものは、きっと、目を開くとみえなくなってしまうでしょう」

たぶん、その通りだ。

少女は目を閉じたまま、小さな顎（あご）を動かして、こくんと頷（うなず）く。

「でもそれと同じくらい綺麗なものが、世界にはたくさんあるのよ」

あるだろうか？　本当に？　でも先生が言うのだから、きっとあるのだろう。

「どこにあるの？」

と少女は尋ねる。その直前に、頭が重力に引かれて、かくんと揺れた。

驚いてまぶたを持ち上げる。目の前には手のひらにキャンディを載せて微笑む先生がいるはずだったけれど、そんなことはなかった。薄汚れたアスファルトがみえるだけだった。

少女は——あれから多少、成長した少女は目元をこする。夢をみていたのか、何年も前の出来事を思い返していただけなのか、彼女自身にもよくわからない。とても眠かった。停留所のベンチで眠ってしまったのかもしれないし、漠然と古い記憶を思い返していたのかもしれない。どちらもあり得るなと彼女は思う。

昨夜はあまり眠れなかった。大きなイベントの前夜は、いつだってそうだ。

八つ当たりのような気持ちであくびを噛み殺して、空を見上げる。ぼやけた視界に、よく晴れた青空が映った。

一昨日から降っていた雨は、今朝にはもう上がっていた。でもその雨のせいで、桜の花は大半が散ってしまった。足元に視線を落とすと、ふちが茶色くなった桜の花びらがアスファルトにへばりついていて憂鬱な気分になる。誰も私を祝福していないのだ、という気がした。

彼女は胸の中でつぶやく。被害妄想だ。

――私は今日から、高校生になる。

それはきっと、誰にだって訪れる当たり前のことなのに、今はまだ上手く信じられない。卒業式からひと月経っても、中学校を卒業した実感がない。思えば小学校を卒業したときもそうだった。いつまでも卒業の実感がないまま、いつの間にか中学生という環境に慣れていた。

彼女はバスを待っていた。新品の制服を着て、今日から使える定期券を握り締めて。小学校にも中学校にも徒歩で通っていたから、学校に行くために乗り物を使うのは初めてだ。真新しい定期券には、心が躍らないでもないけれど。

――どうせ来月には、当たり前になっちゃってるんだろうな。

と、彼女は内心でぼやく。

高校生という肩書きにも、新品の制服にも、この定期券にもきっとすぐに慣れてしまう。登下校にバスでの移動が組み込まれるだけで、あとはみんな、中学生のころと同じになるのだろう。また今までと同じ生活を繰り返し、同じあだ名で呼ばれるのだろう。

――でも、それじゃ、だめだ。

彼女はポケットの中に手を入れる。指先がこつりと、硬いものに当たる。ストロベリー味の棒つきキャンディが、そこにある。

それは砂糖と、水飴と、香料を混ぜて作った、シンプルに甘い食べ物だけれど、でも今はまったく違った意味を持っている。ただのキャンディが、今までの彼女のすべてを壊してくれるはずだ。

小学生のころに先生から聞いた話を、ずっと信じていた彼女を壊して。人並みに利口で効率的な彼女に、作り変えてくれるはずだ。

もう一度、あのころのことを思い出す。

いちばん綺麗なもの。それは丸くて、きらきらとしている。キャンディに似ているけれどもっと綺麗で、胸の中にしかない、目を開くともうみえないもの。

――でもそれと同じくらい綺麗なものが、世界にはたくさんあるのよ。

と、先生は言った。

でもそんなもの、どこにもなかった。少なくとも彼女の周りには、どこにも。

エンジンの音が聞こえて、彼女は通りの向こうに視線を向けた。バスが来たのかと思ったのだ。だがそれは運送業者のトラックだった。

彼女はまた、桜の花びらがへばりついたアスファルトに視線を落とす。

そして、気づいた。通りの向こう側、コンクリート塀の下で、なにかが輝いている。

光の欠片（かけら）みたいな、小さくてきらきらした球体の、なにか。

彼女は停留所のベンチから立ち上がり、そちらに歩み寄る。正体はすぐにわかった。

少しだけ青みがかったビー玉が転がっていた。

近所の子供が落としたのだろうか。これが世界でいちばん綺麗なものだとは思えないけれど。でもなんだか懐かしくて、つい微笑む。

彼女はしゃがみ込み、ビー玉を拾い上げた。

ビー玉には辺りの景色が、上下逆さまに映りこむ。

歪んで、ぼやけた、全部反対の世界。それが少しだけ心地よかった。

彼女はビー玉越しに、空をみて、通りの先をみて、バスの停留所をみた。

逆さまの世界を、バスが横切る。

彼女は「あ」と、小さな声を上げた。

1

芦原橋高校の入学式が行われたのは、四月一〇日、月曜日のことだった。

その日、高校生になった浅井ケイは、校内の一室でソファーに座っていた。教室の半分くらいの広さしかない部屋だった。

部屋には、ケイの他には誰もいない。ホームルームが終わったあと、担任の教師に指示されてここに来たのだけど、部屋は無人だった。

ケイは壁にかかった時計を眺めながら、昼食はホットケーキにしよう、と考える。空腹だったのだ。もう午後一時を回っているし、今朝は眠くてまともに朝食を摂ろうという気にならなかった。

ホイップクリームを添えたホットケーキにたっぷりメープルシロップを染み込ませる場面を想像していると、部屋のドアがノックされた。控えめな音で、こん、こん、と二回。ドアが開き、ひとりの少女が現れる。

表情らしい表情のない顔つきは、大人びてみえないこともない。だがちょこちょこと動く姿は、どことなく子供っぽい。春埼美空というのが彼女の名前だ。

春埼を待っていたわけではないけれど、彼女がこの部屋に来ることは知っていた。ケイと一緒に、担任教師に指示されたのだ。でも教室を出ようとしたとき、春埼は入学式に参加した彼女の両親と話をしていたので、ケイだけ先にこの部屋に来ていた。

春埼はまっすぐケイに歩み寄り、プリント用紙を差し出す。

「入部届を書いてきました」

「ああ、うん。ありがとう」

なんとなく受け取ってしまったけれど、入部届は普通、顧問の教師か部長に渡すものだと思う。とはいえ一度受け取ったものを突き返す理由もない。ケイは鞄から自身の入部届も取り出して、春埼のものと並べてテーブルに置いた。

春埼は二枚の入部届をみつめて、満足した様子で頷き、ケイの隣に座る。

ふたりぶんの入部届には、同じクラブの名前が記入されている。

——芦原橋高校、奉仕クラブ。

ここは、そのクラブの部室だった。

ケイは膝の上で頬杖をつく。

「それにしても、性急な話だね。入学式のすぐ後に入部届を出させるというのは」

きっと、なにか理由があるのだろう。

春埼はまっすぐにこちらをみていた。

「ケイは、どうして奉仕クラブに入るのですか？」

「色々と理由はあるけどね。入らないでいると面倒だから、というのがいちばんわかり易いかな」

「でも、私の能力がなければ、貴方は奉仕クラブに入る必要がないはずです」

春埼の声はいつものように平淡だったけれど、でもケイはその中に、ほんの少しだけ感情が混じっていることに気づいた。それは単純な言葉に当てはめてしまえば、罪悪感のようなものなのだと思う。

ケイは首を振る。

「それは君も同じだよ」

この街――咲良田に住む人々は、およそ半数がなんらかの特殊な能力を持っている。

千差万別で、大抵は物理法則に反した能力を。

能力は管理局と呼ばれる公的な機関が管理している。管理局は、特別危険だと判断した能力を持つ学生を、半ば強制的に奉仕クラブに所属させる。そして奉仕クラブの生徒たちに、能力に関する様々な仕事をさせる。

とはいえケイの能力はささやかなものだ。本来なら奉仕クラブに呼ばれる性質のものではない。一方、春埼のものは強力だが、反面でひとりきりではほぼ無意味な能力だともいえる。けれどふたりが揃ったとき、ケイの能力が春埼の能力を補い、極めて強力な効果を得られるようになる。だからケイと春埼は、共に奉仕クラブに入るよう指示された。

ケイは続ける。

「それにね、どちらかというと僕は、奉仕クラブに入りたいんだ」

「どうしてですか？」

「奉仕クラブにいると、能力の情報が手に入る。僕はもっと能力のことを知りたい」

能力を使って、成し遂げたいことがある。それを別にしても、色々な能力の知識を蓄えておくことは無意味じゃない。適切な能力があれば、通常なら諦めてしまうしかないような問題にも対応できる。

春埼美空は、小さな動作で頷いた。彼女がなにを考えているのかは、ケイにもよくわからない。でもなんとなく、二年前に死んでしまったある少女のことを考えているような気がして、ケイは話題を変えることにした。

「ほかにも、顧問の先生と仲良くなりたいというのもある」

「先生、ですか」

「うん。僕はわりと、あの人が気に入っているんだ」

奉仕クラブの顧問になる教師は、管理局員を兼任している。教員免許を持っている管理局員が各学校に派遣される形をとる。今のこのクラブの顧問が学校に勤務するようになったのは、去年の春からだ。それまでは、市役所に勤める一般的な管理局員だった。

春埼が首を傾げる。

「もう顔を合わせたのですか?」

彼女の顔に、表情はみつからない。それほど興味もないけれど、一応尋ねておこう、という雰囲気だ。

「君も会ったことがあるよ」

彼に初めて会ったのは、二年前のことだ。

ある出来事で、ケイよりも春埼の方が先に顔を合わせている。そのことについて説明しようかと思ったけれど、やめておく。彼はもうすぐここにやってくるし、顔をみれば春埼も思い出すだろう。

代わりに、軽く微笑んで、ケイは尋ねる。

「君は奉仕クラブに入りたくないのかな?」

春埼は首を振った。

「貴方がいるなら、私も奉仕クラブに入ります」

それはいつも通りの、わかりきっていた返答で、ケイは笑顔を維持したまま内心でため息をついた。

次に部室のドアが開いたのは、午後一時三〇分になるころだった。津島信太郎という名前で、授業では数学を受け持っているらしい。

津島は部屋に入り、ドアを閉めてからケイと春埼を一瞥して言った。

「悪い。待たせたな」

「いえ」

待たされたのは事実だが、他に答えようもなかった。

津島はさも面倒だといった様子で、向かいのソファーに腰を下ろし、背もたれに体重を預ける。

「入学おめでとう」

そう言った彼の声は、眠気に似た気だるさを帯びていて、ちっとも祝福しているように聞こえない。

微笑んで、ケイは答える。

「ありがとうございます。またお会いできて、嬉しいです」

津島は癖の強い髪に爪をつきたてるように、頭を掻いた。

「お前が言うと、なんでも皮肉に聞こえるな」

「ひどいですね。本心なのに」

津島はテーブルの上に並んだ二枚の入部届を手に取り、ざっと目を通す。

「お前の名前、片仮名が正式なのか？」

「はい。そういうことにしています」

「している？」

「一応、漢字表記もあるんですけどね」

漢字で書くと、よく読み間違えられるのだ。その場合、決まって性別まで間違えられる。いちいち訂正するのも面倒だから四年ほど前から片仮名で通している。

「まぁいい。とにかく、受け取った」

津島は二枚の入部届を、ひらりと手放してテーブルに置いた。それから口の両端を吊り上げて、笑う。

「ケイ、春埼。芦原橋高校奉仕クラブに、ようこそ」

「歓迎していただけるなら、光栄です」

「ああ。お前らの能力があれば、いくらでも悪いことができそうだからな」

「いかにも問題がありそうな発言ですね」

「大丈夫だろ。問題なんてのは、問題にしたい人間が作るもんだ」

津島に会うのは久しぶりだが、高校教師になる前に比べると、言動が明るくなったように思う。意外に教師という仕事が性に合っているのかもしれない。でも、状況が違うだけだという気もした。かつてケイと津島が顔を合わせたときは、立場的に対立していた。

「それで、津島先生。入学式の直後に、入部届を出させた理由はなんですか？」

津島は軽く首をすくめて答える。

「もちろん、さっさとお前らを部員にしたかったんだよ」

「奉仕クラブの仕事があるから？」

「ああ」

津島はポケットに手を突っ込み、なにか取り出す。それはどうやら、少し青みがかった小さなビー玉のようだった。

「ケイ、春埼。お前等が、適任だ」

彼は片目を閉じてビー玉を覗き込みながら、続ける。

「ほんの二時間ほど前のことだ。午前一一時三〇分ごろ、校門の前で、ひとりの女子生徒が倒れているのがみつかった」

「ちょうど、入学式が終わったころですね」

「式に参加していた保護者のひとりがみつけて、すぐに保健室に運ばれた。彼女はお前と同じように、今日から芦原橋高校の生徒になる予定だが、入学式には参加していなかった」

彼はビー玉を差し出す。

「すぐ隣に、これが落ちていた。覗いてみろ」

ケイはビー玉を受け取り、覗き込む。

正面にいる津島と、彼の周囲の景色が反転する。ビー玉越しの世界は、上下と左右がそれぞれ反対だ。

その景色の中、津島のすぐ隣に、ひとりの女の子が立っていた。ケイと同じくらいの年齢にみえる、髪の長い女の子だった。芦原橋高校の制服を着ている。

「そいつが、校門の前に倒れていた生徒だ」

津島の声に合わせるように、ビー玉の中の少女は、ぺこりと頭を下げる。

「ども。初めまして」

舌がもつれ気味な少女の声が、どこからか聞こえた。

2

ホイップクリームを添えた焼き立てのホットケーキに、白い陶器の小さなポットからメープルシロップを垂らす瞬間が、クライマックスなのだとケイは思う。それから先、ナイフとフォークでホットケーキを切り取って口に運ぶのは、エピローグみたいなものだ。

浅井ケイと、春埼美空と、ビー玉の中の少女は、芦原橋高校から歩いて五分ほどの距離にある喫茶店のテラス席にいた。道路沿いに深緑色の日傘をたてて、下に白いテーブルと椅子を並べただけの簡素な席だ。今日は暖かく、空もよく晴れていて、屋根の下に入ってしまうのがなんだかもったいないような気がしたのだ。

テーブルの真ん中に置いたビー玉の中から、少女がじっとケイをみていた。メープルシロップが染み込んだホットケーキの前で、ナイフとフォークを握ったケイは、ビー玉に向かって声をかける。

「すみません、僕たちだけいただきます」

ビー玉の中の彼女は、慌てた様子で頷く。

「ああ、うん。気にしなくていいよ。私にはこれがあるから」

彼女は制服のポケットから、棒つきのキャンディを取り出してみせる。

「チュッパチャプス。ストロベリー味」

無理やりに弾ませたような口調でそう言って、彼女は包装紙を剥がす。

「チュッパチャプス、好きなんですか？」

「うん。長い間、甘いのが、いいね」

嬉しげにストロベリー味のチュッパチャプスを口に含んだ彼女が、ビー玉の中に、逆さまに映る。不思議な景色だな、とケイは思う。手のひらに載るサイズの幻想が、そこにある。

　ケイは改めて「いただきます」と告げて、ナイフでホットケーキの片隅を切り取る。

正面では春埼が、ミートソースのスパゲティをフォークで巻き取っている。ビー玉の中の彼女はチュッパチャップスを舐めながら、まだじっとケイをみつめていた。視線が気になって、なんだかフォークを動かしづらい。

「どうかしましたか？」

　そう尋ねてみると、彼女はわずかに肩を震わせた。それから、怖々といった様子で口を開く。

「高校生が、帰り道に、喫茶店に入っていいのかな？」

「ああ。いかにも校則で禁止されてそうですね」

「やっぱり？」

「でも今回は一応、奉仕クラブの活動だから、問題はないはずですよ」

「え、そうなの？」

「はい。僕も春埼も中学生の頃から奉仕クラブにいたので、その辺りのルールは間違ってないと思います」

　奉仕クラブとして活動する場合、大抵のことが部活動の一環として処理される。飲食店に入る程度で怒られることはないし、料金だって領収書をもらえば部費で落とせる。

「そっか」

彼女は安心した様子で、息を吐き出した。

ケイも安心して、切り取ったホットケーキを口に運ぶ。咀嚼しながらナイフとフォークを置いて、津島に押しつけられたプリント用紙の束に視線を向けた。

おそらくは管理局から届いたデータをプリントアウトしたものだろう。そこにはビー玉に入ってしまった少女の簡単なプロフィールと、彼女の能力に関するそれなりに詳細な情報が書かれていた。

世良佐和子、一五歳。今日から芦原橋高校の生徒になった。でも入学式には現れなかった少女。

紙ナプキンで口元についたミートソースをふき取って、春埼が言う。

「どうして彼女は、ビー玉の中に入っているのですか?」

「そういう能力を持っているからだね」

世良佐和子は過去に二回、能力を使っている。だいたい二年に一度くらいの割合だ。資料には、そのときにわかった情報がまとめられていた。

ケイは資料に書かれていた文章を読み上げる。

世良は鏡やガラス片などに映った景色の中に入り込む能力を持っている。ビー玉の中にいる、というよりは、ビー玉に映った景色の中にいる、と表現する方が適切なようだ。

でもこのとき、鏡像の世界に入り込むのは世良の意識だけで、彼女の身体は眠ったような状態になる。意識が抜け出た身体の方は校門の前に倒れていて、今は保健室のベッドに横たわっている。

「間違いありませんね？」

　と、ケイは尋ねた。

　ビー玉の中、逆さまに映った世良佐和子が、口からチュッパチャプスの白い棒を突き出したまま頷く。

「うん。たぶん」

「たぶん？」

「なんとなく、実感がなくて」

「なるほど」

　その理由らしきものも、津島から受け取った資料に書かれていた。

　世良佐和子は、自身の能力を能動的に使用できない。自発的に使うことも、解除することもできない。すべてが無意識によって行われるなら、使用者にも能力を使ったという実感がないだろう。

「リセットすればいいのですか？」

　と、春埼は言った。

　彼女の能力は、リセットと呼ばれる。過去のある瞬間を復元する――端的に表現するなら擬似的に時間を巻き戻す、極めて強力な能力だ。

　だがその能力には、いくつもの制限がある。

たとえば、リセットは春埼がセーブしていなければ効果を発揮しない。一度リセットしてしまえば、それから二四時間はセーブしなおせない。セーブしてから七二時間が経過するとその効果を失う、など。

最大の問題点は、リセットを使ったとき、その使用者——春埼自身の記憶まで過去の状態に巻き戻ることだ。彼女は自分が能力を使ったことも覚えていない。リセット前の記憶がなければ、彼女の能力は無価値だ。時間を巻き戻したところで、結局は同じ行動を繰り返すことになる。

その問題点を解消するために、ケイの能力が必要になる。ケイの能力は、過去を確実に思い出す。絶対的に記憶を保持する。ケイだけはリセットを使った後でも、リセット前の出来事を思い出すことができる。

フォークですくい取ったホイップクリームをホットケーキに載せながら、ケイは答える。

「リセットを使えと指示されてるからね。そのうち、お願いすると思うよ」

津島、というか管理局からの指示は、リセットして過去に戻り、問題が起こる前に世良のことを報告しろ、というものだった。その指示に従うだけなら話は簡単だ。ホットケーキを食べる前にすべて終わらせることだってできた。

「でも、もう少しできることがありそうだ」

「できること、というのは？」

「とりあえず、世良さんと話をすることかな」

ビー玉の中の世良は、視線をケイに向けた。

「私と？」

「はい。教えて欲しいことがあります」

咲良田の能力は、使用者が望まなければ発動しない。世良佐和子は、必ずどこかのタイミングで、能力を使うことを望んだのだ。無意識的にでも、ビー玉の中に入りたいと。リセットする前にその理由を明確にしておきたい。

テーブルの上のビー玉に向かって、ケイは尋ねる。

「貴女（あなた）はどうして、能力を使ったんでしょうね？」

逆さまの世良佐和子は、空に向かって視線を落とす。

「ごめんなさい。わからないよ。気がついたら、こうなってたの」

彼女の能力は、無意識的に発動する。そんなことはわかっていたけれど。

「ひとつずつでいいんです。順番に、思い出してもらえませんか？」

「順番に、って、どこから？」

「そうですね。では、今朝起きたところから」

彼女は白い棒をつかみ、口の中からチュッパチャプスを取り出す。

「え、と。目を覚ましたのはたしか、五時半ごろ、かな」

「ずいぶん早起きですね」

ちょっと驚いた。

「昔からそうなの。遠足とか運動会とか、早く目が覚めて睡眠不足から、本番はあんまり楽しめないタイプだよ」

「今日は入学式があったから？」

「うん。たぶん」

「では五時三〇分に目を覚まして、それからは？」

「普通に着替えして、朝ごはん食べて——なにを食べたのかも、言った方が良い？」

「一応、お願いします」

ケイは今朝からの世良の行動を、順番に尋ねていく。

彼女はゆっくり入学式に間に合う時間に家を出て、バスの停留所でビー玉を拾い、それを覗き込んでいる間にバスが通り過ぎてしまった。

「それで、入学式に遅刻したんですか？」

と、ケイは尋ねる。

世良は再びチュッパチャプスをくわえて、軽く首を傾げた。

「ん、まぁ、バスに乗り遅れたのがきっかけ、かな。別に次のバスでも間に合ったんだよ。でも、いいかな、と思って」

「入学式に遅れてもいい、ということですか？」

世良は頷く。

「入学式くらい、すっぽかしてもいいか、と思って。式に出ても、どこかで聞いたことあるような話をまた聞かされるだけでしょ？　適当に商店街とかぶらついた方が利口だよ」

確かに入学式で聞いた話は、それほど面白いものではなかった。その後のホームルームだって、時間割表や生徒手帳なんかが配られただけだ。そんなもの、受け取るのが明日(あした)になっても問題はないけれど。

「でも貴女は、結局学校の前までやってきました」

「うん。なんか、とっても中途半端。ちゃんとすっぽかせばいいのに。私、中学生のころはわりと真面目な生徒だったから、ずる休みに慣れてないんだよ」

なんだか彼女の声が、今までよりも少しくぐもって聞こえた。それはキャンディを口に含んでいるせいだろうか。それとも、別の理由があるのだろうか。

少しだけ口早に、彼女は続けた。

「それで、なんとなく校門の前でビー玉を覗き込んだら、こうなってたの」

「ビー玉が好きなんですか？」

世良は「え？」と小さな声を上げてから、頷く。

「わりと好きかな」

「具体的には、どこが？」

「んー。なんか、適当なところ」

「適当？」

「だって、ほら、景色がぐにゃっと歪(ゆが)んで反対にみえるし。なんか世の中、バカにしてる感じだよ」

「バカにしてるわけではないと思うけれど」

「とにかく、そんな感じがいいなと思ったの」

やっぱり空を見下ろしたまま、彼女はそう言った。


ホットケーキを食べ終えて、世良からも訊(き)きたいことをひと通り訊いて、そろそろ喫茶店を出ようとしたときに携帯電話が鳴った。

見覚えのない番号からだった。でもその相手が誰なのか、なんとなく予想はつく。ケイは席から立ち上がり、春埼と世良に背を向けて通話ボタンを押す。

携帯電話に耳を当てたとたん、声が聞こえた。

「どうして、まだリセットしていないんだ？」

津島の声だ。

「春埼がセーブしたのは、二日前の正午ごろです。明日の昼までであれば、リセットできます」

リセットはセーブした時点まで、世界の状況を擬似的に巻き戻す。今すぐリセットを使っても、明日の昼にリセットを使っても、再現される時間は同じだ。それならリセット前に、極力情報を集めておいた方がいい。

吐き捨てるように、津島は言う。

「お前たちの仕事は、過去の俺に今回の出来事を伝えることだけだ。それ以上は求めていない」

「ええ、わかっています」

「管理局の決定に逆らうのか？」

彼の声にはどこか、断罪に似た響きがあった。おそらくは意図的に、そういう声を作っているのだろう。

「まさか。そんなつもりはないですよ」

「それなら、どうしてすぐにリセットしない？」

「まずは世良さんのことを理解したいんです。彼女にとっての問題を理解して、なぜ能力を使ったのかを知りたいんです」

「それを知ってどうする？」

「世良さんに合った方法を考えます」

咲良田の能力は、千差万別で滅茶苦茶だ。どんな能力でも存在し得る。住民のおよそ半分が能力を持っているから数だって膨大だ。管理局がどれほど優秀だったとしても、そのすべてを完全に管理することなんかできるはずがない。だから、管理局はいくつかの点で手を抜いている。問題を単純化し、パターンに当てはめて、強引なマニュアルで対処法を決めている。

端的に言ってしまえば、管理局は個人をみない。あくまで能力によって引き起こされた問題の解決が目的で、その関係者の幸福は度外視されているはずだ。

たとえば今回の一件で、管理局が問題視しているのは自身の能力でビー玉の中に閉じこもってしまった少女ではないのだろう。高校の入学式なんてタイミングで世良が能力を使い、最初の発見者が生徒の保護者だったことの方がずっと重要だ。つまり能力の問題が目立ち過ぎたことを、管理局は嫌っている。

だから津島はケイと春埼を早々に奉仕クラブに所属させて、あんな風に言った。

――お前等が、適任だ。

管理局は、問題が起こる前に問題を取り除ける能力を――それはつまりリセットを求めている。

電話の向こうから、津島の声が聞こえる。

「管理局のやり方が、間違っていると思うか？」

迷いもせずにケイは答える。

「いえ。正しいと思います」

それは本心だった。管理局は正しい。自分たちにできる範囲のことを、確実にやり遂げる。極めて優秀な組織だと思う。

津島はもう一度、言う。

「それならどうして、まだリセットしていないんだ？」

「自己満足のようなものですよ」

リセットすれば、世良がビー玉に入る前の世界が再現される。たとえば彼女が拾ったというビー玉を事前に回収すれば、彼女が今のような状況になることはないのかもしれない。それで問題が解決したともいえる。でも、あくまで、目にみえる物理的な問題が消え去るだけだ。

無意識だったとしても、世良佐和子が能力を使った理由が必ずある。彼女がビー玉の中に閉じこもりたいと思った理由がどこかにある。管理局とは違う視点に立てば、そちらこそが問題の本質だと言うこともできる。

リセットを使うなら、ケイはそのどちらも解決したい。物理的な問題も、世良佐和子の精神的な問題も。それは誰かのためではなくて、きっと、とてもエゴイスティックな理由で。できるなら、そうしたい。

しばらくの間、津島は無言だった。

きっと彼は電話の向こうで、笑い声をこらえているだろう。あるいは、ため息をついている。このやり取りの馬鹿馬鹿しさを自覚して。

これ以上、会話を続けることが面倒になって、ケイは息を吐き出す。

「僕は津島先生の考えの通りに動きますよ」

「あ？　どういう意味だ？」

「管理局のやり方に従って、すぐリセットを使わせたかったのなら、津島先生の行動は明らかにおかしい。僕たちを世良さんに会わせる必要も、能力に関する詳しい資料を渡す必要もありません」

本当にリセットして、後の処理を管理局に任せるだけでいいのなら、津島の行動は最適解からかけ離れている。最低限の事情だけを説明して、世良に引き合わせることも資料を渡すこともなく、あの部室でリセットを使わせればよかった。

「管理局とは違うアプローチを、貴方(あなた)は僕たちに求めているとしか考えられません」

電話の向こうで、津島は笑う。

肯定も否定もせずに、彼は言った。

「お前の気が済めば、リセットを使うんだな？」

「はい」

「なら、それでいい」

じゃあな、と言って電話を切りかけた津島を、ケイは呼び止める。

「ちょっと待ってください。ひとつ、お願いがあります」

「なんだ？」

「世良さんと同じ中学出身の生徒の連絡先を教えてください」

「何人ぶんいる？」

「できるだけ多く。でも、いただけるだけでかまいません」

「職員室まで取りに来い」

そして返事も待たず、電話が切れた。

ケイは小さなため息をついて、携帯電話をポケットにしまった。

＊

電話を切った津島信太郎は、ソファーの上で天井を見上げた。

奉仕クラブの部室だ。部員がほとんど活用しない部室というのは、ひとりきりになるには都合がいい。

ソファーで反り返ったまま、テーブルの入部届を手に取る。

浅井ケイ。

――やっぱりあいつは、視界が広い。

様々なアングルから物事を観察する目を持っている。

今回の件は、あの特殊な少年に向けたテストのつもりだった。彼がどこまで管理局に従い、どこから逆らうのか。それさえわかればいいと思っていた。だが彼は早々に設問の意図にまで踏み込んできた。明らかに、テストとして成立していない。

そう考えて、津島は笑う。

――いや。これくらいは、当たり前か。

浅井ケイは二年前、中学二年生だった時点でもう、まともに管理局と対立してみせたのだ。あの完成された組織が、ただの問題として処理するだけではなく、敵として認識する位置に立ってみせた。

だが、優秀なだけでは意味がない。それなら管理局で充分だ。

この街を管理するシステムが切り捨てたものを、拾い上げることができるのか？

それを、見極めなければならない。

3

暗い場所でひとりきり、世良佐和子は目を閉じていた。

どうせなにもみえないのなら、まぶたを持ち上げるのも億劫(おっくう)だ。眠ってしまおうかと思ったが、それは上手(うま)くいかなかった。

代わりに、ほとんど意識もせず、幼いころの記憶をまた思い返す。

当時、世良はまだ小学三年生だった。

「まだ帰らないの？」

と、当時の、担任の先生は言った。

その先生は、小学三年生の世良からはずいぶんな高齢にみえた。両親よりは祖父母に近い世代のように感じていた。彼女の正確な年齢は今でもよくわからない。

世良と先生は、放課後の教室にいた。ほかには誰もいなかった。世良が花瓶の水を換えている間に、クラスメイトたちはみんな帰ってしまった。

世良は黒板の左隣にある、戸棚の上に花瓶を置いて、窓の外を眺めていた。校庭には帰宅途中の生徒たちの姿がみえた。皆、一様に、こちらに背を向けている。中にはクラスメイトの姿もちらほらと混じっている。

「もう少ししたら、帰ります」

と、世良は答えた。

まだ靴箱の前に、クラスメイトたちがいるかもしれない。顔を合わせるのが、なんとなく気まずかった。

別に彼らのことが嫌いなわけではない。よく話をする子もいるし、放課後一緒に遊ぶこともある。でもなんとなく、馴染めないな、と感じていた。クラスメイトたちが笑い声を上げるタイミングが、大切だと思っているあれこれが、少しずつ自分とはずれているような気がしていた。

とくに、そう、花瓶の水を換えた後は人に会いたくない。水の交換は世良の仕事ではない。日直の役割だったはずだ。でもそれは忘れられがちで、先生のチェックも甘くて、だから毎日、世良が水を換えていた。でも友人たちから「どうして水を換えたの？」と尋ねられたなら、なんと答えればいいのかわからない。

微笑んで、先生が言う。

「ありがとう」

花瓶の水を換えたことだろう、と思い当たったけれど、上手く返事ができない。いつだってそうだ。お礼を言われたときは、黙ってうつむいてしまう。「どういたしまして」と応(こた)えるのが正解なのだろうか？　でもその言葉は、なんだか偉そうで、あまり好きではない。

結局はいつもの通り、うつむいて世良は言う。

「別に。綺麗(きれい)な水の方が、好きだから」

先生が笑った気がした。顔をみていないから、よくわからないけれど、なんとなくそんな気がした。

先生の声が聞こえた。花びらみたいな、柔らかな声だった。

「貴女(あなた)の胸の中には、とても綺麗なものが入っているのね」

「綺麗なもの？」

「そう。綺麗なものが好きな子の胸の中には、綺麗なものが入っているのよ」

「どうして？」

「だってそうじゃなければ、なにが綺麗なのかもわからないでしょう？　貴女の胸の中には綺麗なものが入っているから、それと見比べて、綺麗なものをみつけることができるのよ」

よくわからない。

世良が黙っていると、先生は続けた。

「なんだって同じ。そういう風にできているのよ。火が熱いと知っているのは、熱い火が胸の中に入っているから。氷が冷たいと知っているのは、冷たい氷が胸の中に入っているから。人は胸の中に入っていることしかわからないの」

そうだろうか。

熱い火、冷たい氷。そんなものが、胸の中に入っているのだろうか。

「証明してみせましょう。貴女の中に、どれだけ綺麗なものが入っているのか」

「証明？」

先生は頷く。

「目を閉じて。貴女がいちばん、綺麗だと思うものを想像して」

幼い世良は、先生のことが大好きだった。

先生が笑うタイミングは、大切だと思っているあれこれは、やはり自分とは少し違うのだと思う。でもそれは、違和感なく受け入れることができた。その違いについて、思い悩むことはなかった。

だから世良はとても素直に目を閉じて、いちばん綺麗だと思うものを想像した。なんとなく思いついたのは、手のひらに載るくらいのサイズの、きらきらと輝くカラフルな球体だった。

先生は続ける。

「それが、貴女の綺麗なもの。貴女の胸の中にある、とても綺麗なもの」

確かに、それはある。

あるのだと思った。

「貴女が思い浮かべたものは、きっと、目を開くとみえなくなってしまうでしょう」

と、先生は言った。

そのすぐ後に、まぶたの向こう側が、明るく変化した。

周囲が暗闇ではなくなったのだと世良は理解する。まぶた越しにみる光はちかちかと輝く無数の点で、少し赤みを帯びている。

世良は目を開く。

歪んだ少女の顔が、こちらを覗き込んでいた。

浅井ケイと名乗った彼とは、喫茶店を出たところで別れた。

それから世良は、ビー玉ごと春埼美空のポケットに放り込まれて、彼女の家を目指して移動した。一〇分よりは長く、一五分よりは短い。それくらいの時間だったように思う。

世良はビー玉越しに辺りを見渡す。春埼の自室なのだろう、綺麗に片づいた部屋だった。猫をモチーフにした小物が目につくが、なのに不思議と殺風景にもみえる。

あまりじろじろと周りを観察するのも失礼だろう。世良は視線を春埼に戻す。

「ごめんね、お邪魔して」

椅子を引き、学習机の前に座って、春埼は答える。

「迷惑だとは感じていません」

「でも、知らない人が家にいるのって、やっぱり嫌じゃない？」

「いえ」

春埼は感情を読み取れない瞳でこちらを覗き込んで、軽く首を傾げた。

「貴女は迷惑ですか？」

「え？」

「貴女は今、知らない人の家にいます」

世良は、ああ、と頷く。

「ちょっとだけ、緊張するけど。でもなんか、現実味がないよ」

「現実味ですか」

「うん。今さら知らない家にいるとか、気にしてられないかな」

いつの間にか、ビー玉の中に入っていた。自身にそういう能力があることは知っていたけれど、体験するのはまだ三回目だ。何年かに一度しか起こらないことだし、今までだって唐突に始まって、知らないあいだに過ぎ去っていた。感覚としては長い夢をみているようで、だからなにが起ころうと、現実味なんかない。

「そうですか」

春埼は頷き、もうそれ以上、なにも言わなかった。

世良はちらちらと辺りを観察する。春埼の部屋を眺めるというより、単純に、ビー玉の中の世界というのが興味深い。以前二回、能力を使って入った場所は、割れたガラスの破片と鏡の中だ。球体は初めてだった。

ビー玉の中の世界といっても、世良からみれば、周囲を球形のガラスで覆われているわけではない。上下左右が反対にみえることも、自身の体が縮んでみえることもない。ただ周囲の景色が歪んでいるだけだ。一枚の写真の、真ん中だけを引き伸ばし、両端をぎゅっと圧縮したように。部屋の端の方では、床と天井がくっついているようにみえる。

その空間の真ん中に、世良は浮かんでいた。つま先は床からずいぶん離れている。自身の身体の重さも感じない。呼吸できる水中を漂っているようで気持ちがよいけれど、身動きがとれない。

いや、その表現は、正確ではなかった。世良は頭を掻くことも、キャンディを取り出してその包装紙を開くこともできる。足を動かせば、歩いてみせることだって可能だ。でもその動きは、周囲になんの影響も与えない。いくら歩いても、みえる景色が変わるわけではない。同じ場所で足踏みをしているようなものだ。それに物に触れることもできはしない。机の上に手を置こうとしても、すり抜けてしまう。

なんだか、幽霊にでもなった気分だ。世界と世良は、明確に切り離されている。断絶していて、接点はない。

世良は歪んだ姿の春埼に尋ねた。

「ねぇ、私の姿は、どういう風にみえるのかな？」

「ビー玉の中にいます。逆さまに映った部屋の中で、貴女も逆さまに立っています」

「そう」

こちらからは、ただ歪んでいるようにみえるのに。春埼からは、逆さまにみえる。みえ方が違っている。

──たぶん、全部逆さまだからだ。

と、世良は考える。

──私は、逆さまになって、逆さまに映った部屋をみている。みんな逆さまなら、それはもう逆さまじゃない。

でも、ビー玉の外にいる春埼は、逆さまじゃない。だからきちんと、こちらの姿が逆さまにみえている。

春埼はポケットから携帯電話を取り出して、世良の隣──学習机の上に置いた。彼女の携帯電話には、猫のストラップがついている。彼女はその猫を、ふにふにと指先で押していた。

　世良はしばらく迷って、口を開く。

「なんだか変わってるね。君も浅井くんも」

　春埼は猫のストラップから、こちらに視線を移す。

「変わっている、というのは、どういう意味ですか？」

「ん。そのまんまだけど。なんか普通じゃない感じがする」

　世良にも自分がなにを言っているのか、よくわからなかった。

　ただ、そう、普通じゃない。そんな感じがする。一般的な高校一年生――それも今日、入学式を迎えたばかりだ――から、かけ離れている印象がある。

「どこが普通ではないのですか？」

　と、春埼は尋ねた。

　少しだけ首を傾げて、世良は答える。

「たとえばさ、君たちはふたりとも、距離感がへん」

「距離感というのは？」

「ほら、私、同級生でしょ？　丁寧語で話すことはないんじゃないかな」

　別に本当に、そんなことが気になっていたわけではないけれど。でも些細なことの積み重ねが、彼女を普通ではない風にみせているのかもしれないな、と思う。ひとつひとつの小さな動作や言葉遣いが、どこか変わっている。

「丁寧語ではない方がいいですか？」

と、春埼は言った。

「まぁ、その方が気は楽かな」

と、世良は答えた。

春埼は頷く。

「じゃあ、そうしよう」

「え？」

「私は、喋り方にはこだわらないよ。これでいいかな？」

なにかの冗談かと思った。

だが春埼は真面目な顔つきのまま、まっすぐな瞳でこちらをみていた。それがなんだか、おかしかった。思わず笑う。

表情を変えず、春埼は首を傾げる。

「なにか変かな？」

笑いながら、世良は答えた。

「変だよ。なに、それ」

「ケイのまねをしてみたんだよ。彼は私には、こういう風に話す」

慣れていないから、少し片言のようになるけれど、と春埼はつけ足す。

世良はまた笑う。片言とか、そんなことが問題ではない。

「いいよ、丁寧語で。なんか不自然。ちょっと怖い」

「そうですか」

やはり感情を読み取れない表情のまま、春埼は頷き、口調を元に戻した。

笑ったせいで目尻に浮かんだ涙を、世良は拭う。

「やっぱり、普通じゃないね、君」

「そんなに変な喋り方でしたか？」

「そういうことじゃなくって。なんていうか、たぶん、考え方が普通じゃないよ」

世良は片手に持っていた、白い棒を口にくわえた。元々はキャンディについていたものだ。捨てる場所もなくて、そのままずっと片手に持っていた。

「でもさ、君たちは、変なところがいい感じ。なんか特別な感じがする」

「変なら、なんであれ特別ではないのですか？」

「え？　どういうこと？」

「変、というのは、希少なものに対して使う言葉です。たくさんあれば、なんだって普通になります。そして希少と特別は、ほとんど同じ言葉のように思います」

それは、違う。

世良は首を振る。

「違うよ。私はたぶん、変だったけど、それはまったく特別じゃなかったの」

「よくわかりません」

「つまり――」

世良はしばらく、口にくわえた白い棒をぷらぷらと動かしていた。それから、右手で白い棒をつまみ取って、言った。

「私さ、中学生のころ、ずっと変なあだ名で呼ばれてたんだ。でも、私にとってそのあだ名は、少しも特別じゃなかったの。できるだけ早く、捨てちゃいたかった」

「どうしてそのあだ名を捨てたかったのですか？」

「いらないものだったからだよ。変でも価値がないと、特別じゃないの」

変わっているものの中で、価値があるものだけが、特別だ。特別、というのは、価値を表す言葉なのだと世良は思う。

春埼は、こくんと頷く。

「理解しました」

それきり彼女は、なにも言わなかった。

世良はもう一度、目を閉じる。

変なあだ名、胸の中の綺麗なもの、そしてキャンディの棒。

本当はこのキャンディは、学校で食べるつもりだった。綺麗な丸いものを、口の中で溶かして、消し去って、そこから解放されるはずだった。

なのにもう、キャンディはない。

――そして私は、ビー玉の中にいる。

口に含むくらいでは、溶けてなくならない球形の中に。

その綺麗でチープな場所に囚われて、抜け出すことができないでいる。

4

翌日――四月一一日、火曜日。

その日の朝、浅井ケイは、校門の前に立っていた。

芦原橋高校の生徒たちが、ケイの横を通り過ぎて行く。もうあと一〇分ほどで、朝のホームルームが始まる。

昨日、あれからケイは、ずいぶん長い時間、中学時代の世良を調べていた。当時の彼女のクラスメイトに電話をかけて、担任だった教師にも会いに行った。そして世良佐和子がどんな生徒だったのかを尋ねた。それで、なぜ世良が能力を使ったのか、理解できた気がした。

朝はいつだって眠い。あくびをかみ殺し、ケイは校舎に視線を向ける。

右手の親指と人差し指の間に二センチほどの隙間を作り、顔の前に掲げてみる。その隙間にビー玉があるのだとイメージする。世良佐和子が能力を使う直前にみた景色は、いったいどんなものだっただろう？

　空、木々、校庭。校舎も、窓も、そして壁に取り付けられた時計も、なにもかもが歪（ゆが）んで、逆さまになる。そんな景色を、彼女はみていたはずだ。

　――おそらく、間違いないだろう。

　ケイがそう考えたとき、背後から声が聞こえた。

「おはよう、ケイ」

　振り返れば手のひらの上にビー玉を載せた春埼美空が、そこにいた。

　ケイは微笑む。

「おはよう。世良さんとは仲良くなれた？」

　頷いて、春埼は答える。

「たぶん、それなりにね」

　ケイはしばらくじっと、春埼の無表情をみつめて、首を傾げる。

「喋り方を変えたの？」

「うん。昨日、世良さんに、同級生なのに敬語は変だと言われたんだ」

「ああ、なるほど」

　春埼が口調を変えるのは、新鮮で面白い。

　ビー玉の中から、世良佐和子が言う。

「浅井くんは、これでいいの？」

「これって、春埼の口調のことですか？」

「よく似合ってると思いますよ」

「うん。そう」

元々、春埼は表情が極端に乏しいから、淡々とした口調が似合う。

こくりと頷いて、春埼は言った。

「ありがとう。でも世良さんには、不自然だし怖いと言われた」

「それは残念だったね」

春埼は少しだけ首を振る。

「それほどでもないけどね。一応、ケイにも確認しようと思って」

「へぇ。君がそういうことを気にするのは、なんだか珍しいね」

「ケイの喋り方をまねしてみたんだ。どこか変かな？」

「変ではないと思うけど。それ、僕なんだね」

「似てないかな？」

「いや。言われてみれば似てるよ。口調が同じでも、声が違うとだいぶ雰囲気が変わるものだね」

「ケイは、普段の喋り方と比べて、どちらがいいと思う？」

「んー。どちらも捨て難いけど、いつも通りの方が落ち着くかな」

春埼はもう一度、頷く。

「わかりました。ではそうします」

ビー玉の中の世良佐和子は、少しだけ慌てた様子で言った。

「喋り方は、どうでもいいんだけど。急いだ方がいいんじゃないかな？　もうすぐホームルーム始まるよ」

微笑んで、ケイは首を振る。

「いえ、問題ありません」

「どうして？」

「今日は学校をすっぽかすことに決めました」

え、と小さな声を、世良佐和子は上げた。


とくに目的地があるわけではない。

ケイたちは適当に街中を歩き回り、小さな公園に辿り着いた。さすがに高校の近くにいるのは気まずかったのだ。それ以外の場所なら、どこでもよかった。

ケイと春埼は、並んでベンチに座る。赤いベンチだ。昔はペンキが剝げかかっていたけれど、二年ほど前に塗りなおされて、比較的綺麗にみえる。

世良が入っているビー玉は、今はケイの手のひらにあった。独り言みたいに小さな声で彼女は言う。

「いいの？」

「なにがですか？」

「学校。休んで」

「入学式の翌日に、たいした意味はありませんよ」

まだ授業も始まっていない。たぶんクラス委員なんかを決めている程度だろう。

それにリセットを使えば、擬似的に時間が巻き戻る。それからきちんと登校すればいい。今は世良の問題に集中するべきだ。

「美空は、いいの？」

と、世良は言った。いつの間にか下の名前で呼ぶようになっている。ずいぶん仲良くなったものだ。

春埼は頷く。

「はい」

「どうして？」

「ケイが決めたことです」

「それ、理由になる？」

「なります」

ふたりの会話を聞きながら、ケイはベンチの背もたれに体重を預ける。空はよく晴れていた。こんな天気が続いていれば、きっと桜も散らずに済んだだろう。

ビー玉の中の世良は、小さな声で、言った。

「浅井くんたちが学校を休んだのは、やっぱり、私のせいだよね？」

少し悩んでから、ケイは答える。

「こちらが勝手に決めたことです。だから、貴女のせいではありません。でも、貴女のために休んだつもりです」

嘘だった。別に、世良のために休んだつもりもない。ただ世良がなにに罪の意識を感じるのか、試しておきたかった。

逆さまの彼女は、空に向かって視線を落とす。

一度、深呼吸して、言った。

「ごめんなさい。私はひとりで、ここから出られるように頑張ってみるから。浅井くんたちは、学校に行って」

世良をみつめて、ケイは答える。

「どうして、学校を気にするんですか？　貴女だって入学式をすっぽかしたのに」

彼女は首を振る。

「あれは、違うの。あれは、私に、必要なことだったの」

「必要というのは？」

しばらく世良は、なにも答えなかった。

ケイは彼女の返事をじっと待っていた。四月の午前中の日差しは優しくて、たまには学校を休むのも悪くないなという気がした。授業で学べることと、青空を見上げて学べることはまったくの別物だけど、でもどちらにより価値があるというわけでもないだろう。すべては学ぶ方の問題だ。

やがて、なにかを諦めたように、世良がゆっくり話し始める。

「綺麗なものが好きな子の胸の中には、綺麗なものが入っているんだって、先生が言ったの」

「先生？」

「うん。小学三年生だったとき、担任だった先生」

「なるほど。それで？」

「人の胸の中には綺麗なものが入っているから、綺麗なものをみつけて、それを好きになることができる。胸の中の綺麗なものと、目にみえたものや、頭の中で考えたことを見比べて、綺麗なものばかりを探していればいつだって綺麗な世界にいられる。そんな風に、先生は言ったの」

ケイは頷く。

きっとこれは、倫理観に関する話だ。

綺麗、という言葉を、正しいという言葉に置き換えればわかり易い。貴女が正しいと思うことをしなさいという、ありきたりで、でも普遍的な価値を持つ種類の話だ。学校の先生が小学三年生に対して語るべきことを、その先生は語ったのだと思う。

世良は言った。

「私はそれを、信じていたんだ。ずっと信じてた。だからとっても真面目な生徒になったの」

不真面目でいるよりも、真面目な方が綺麗だと思ったんだよ、と、彼女は言った。

「良い先生だったんですね」

「うん。偉いとか、凄いとかじゃなくて。たぶんとても正しい、小学校の先生だったんだと思う。――でもね、やっぱりあの人は、小学校の先生なんだよ」

彼女の言葉に、否定的なニュアンスが混じる。

それは苛立ちや怒りのような、動的な感情ではない。悲しみか、あるいは寂しさか。そういう静かな感情なのだと思う。

「小学校の先生の言うことは、小学生が信じていればいいんだと思う。でも私は、中学生になってもまだ、その先生が言う事を信じていたの」

「それが、問題ですか？」

「問題だよ。だから私は、中学生のとき、一度も学校を休まなかったし、遅刻もしなかったんだよ」

「それは凄いですね」

「凄くない。適当なこと言わないで」

彼女の声は尖っていた。それから小さく、ごめん、と呟いて続けた。

「皆勤賞なんて、賞状一枚もらって終わりだもん。眠くても朝起きて、ちょっと体調が悪くても無理して、もらえるのただの厚紙だよ。パソコンがあれば誰でも作れる感じだよ。たぶん適当に学校を休める人の方が、利口だと思う」

ケイは、反論しようかと思ったけれど、止める。賞状一枚ぶんの価値は、もらった本人以外が決めていいものではないのだと思う。本人が無価値だというなら、それは無価値だ。

「本当は、中学生になったら、そういう利口なことを学ばないといけないんだよ」

と、世良は言った。

「だから、利口になるために、入学式に出なかったんですか？」

彼女は昨日、芦原橋高校の入学式を休んだ。

「バスに乗り遅れたのは偶然だよ。でも、このまま学校に行かなければ、どうなるのかな、と思ったの。だからそのまま公園に行ってみたり、商店街に行ってみたり」

「それが、楽しかった？」

彼女はしばらく躊躇（ためら）ってから、首を振る。

「ううん。私は綺麗じゃないことをしてるんだって思った。なんかすごい罪悪感だったよ。だから、とっても嫌だった」

「学校を休んで、後悔した」

「違うよ。そのくらいのことで、真面目ぶって罪悪感を覚えているのが嫌だった。私はもっと、適当に生きられるように、なりたかったんだ」

「本当に？」

「うん。だから、たぶん、私はビー玉の中に入ったの。ちゃんと学校を休めるように。景色がぐにゃっと歪(ゆが)んで、全部反対にみえる、世の中をバカにしてる感じのビー玉に入ったんだと思う」

その可能性も、考えてはいた。

生真面目な自分が嫌いで、そこから逃げ出すために、世良佐和子はビー玉の中に入ったのだという可能性も。でも、自然じゃない。

「違うのだと思います」

と、ケイは言った。

否定されたことが意外だったのだろう。世良はわずかに目を見開く。

「昨日、世良さんの、中学時代のクラスメイトと話をしました」

「え？」

「気分を悪くしたなら、すみません。でも、必要なことだったんだと思います」

世良はもうなにも言わず、じっとケイをみつめていた。

ケイは続ける。

「色々な話を聞きました」

世良佐和子は、よくぼんやりしていて、給食を食べるのが遅くて、英語が苦手で、少し舌足らずで、将来は保育士になりたくて、意外にピアノが上手(うま)くて、チュッパチャプスが好きで。

色々な人が、色々な言葉で、彼女について語った。でもひとつだけ、必ず共通して語られることがあった。世良佐和子の、いちばんの特徴。

「みんなが同じ名前で、世良さんのことを呼んでいました」

親しい人も、そうでない人も、一様に。

奇妙なくらいに淡々と、なにかを投げ捨てるように、世良は答える。

「うん。知ってるよ」

＊

風紀委員、というのが、世良佐和子の呼称だった。

まるで、役職みたいな名前。でも彼女の中学校に、風紀委員会なんて組織はなかった。ただ名前だけの、風紀委員。

中学一年生のころ、クラスメイトのひとりがそう呼び始めた。

初め世良は、むしろその呼び名が嬉しかった。自分は正しいのだと証明できたような気がした。

――ルールは破るよりも、守った方が綺麗だ。

当然、そうなのだと思っていた。

世良の言動の中心には、いつだってその考え方があった。

たとえば制服は着崩すよりも、きちんと着た方が綺麗（きれい）だ。学校には遅刻するよりも、定刻に到着する方が綺麗だ。それに、ルールを破っている人を見つけたとき、見逃すよりも、注意する方が綺麗だ。ずっとそう信じてきた。だから世良は決してルール違反を犯さなかったし、人がそれをすることも許さなかった。

ほんの一月ほどで、風紀委員という呼称が広がった。気がつけば彼女を、世良佐和子と呼ぶ人は誰もいなくなっていた。

そのころから、違和感があった。なにかを間違えているような気がしていた。

ある日、世良はクラスメイトのひとりが、制服の下に赤いTシャツを着ているのをみつけた。いけないことだ。校則では、シャツの色は白だと決まっているのに。当然、世良はそのクラスメイトに注意した。そのシャツは校則に違反しているのだと。

クラスメイトは言った。

――まあ、風紀委員の言うことだから。

別のクラスメイトは答えた。

――うん。気にすることないよ。

そして世良は、ようやく、風紀委員というあだ名が蔑称（べっしょう）だと気づいた。

きちんと周囲に目を向ければ、自分がとても嫌われているのだとわかった。休み時間に話しかけられることも、放課後遊びに誘われることもなくなっていた。

――ただ、綺麗なことを選んでいるだけなのに。

でも、自身の他には誰も「綺麗なもの」を求めていないのだと、理解した。

世良佐和子はたったひとりで中学校での生活を送り、たったひとりで卒業した。

＊

風紀委員の、世良佐和子。

ケイは言った。

「貴女の最大の特徴は、とても真面目なことだ、と、みんなが言いました」

世良は頷く。

「うん。だから私は、これから不真面目なことに慣れていくの」

ケイは首を振る。

「でも、貴女はそんなこと、望んでいないんだと思います」

「どうして？」

「本当に、色々な話を聞いたんです」

校則に違反した生徒をみつけると、ひとり残らず教師に報告したこと。禁煙区域でタバコを吸っていた教師を注意したこと。世良自身のスカートが校則に定められたものよりも少しだけ長いことに気づいて、許可を取り、一日体操服で授業を受けたこと。

それから、チュッパチャプスのこと。

「ストロベリー味がみっつ、ラムネ味とグレープ味がふたつずつ」

合計七つ。誤って持ってきた、として、世良が自主的に教師に提出したチュッパチャプスだ。世良の中学校は、基本的に飲食物の持ち込みが許可されていなかった。

「学校で食べるつもりだったんでしょう?」

そう尋ねると、世良は小さく頷く。

「うん」

「ルールを破るために?」

「そうだよ。不真面目な方が、利口なの」

「でも、結局は食べられなかった」

「だから、高校では──」

ケイは首を振った。

「貴女は中学生のころ、ルールを破ろうとして、何度もそれに失敗したのに、能力を使わなかった。でも、今回は違う。今までとは、まったく反対です」

世良佐和子は、真面目な自分から逃げ出すために、能力を使ったんじゃない。

「貴女は、入学式に遅刻して。本当にルールを破ってしまったから、能力を使ったんです」

みんな、逆さまなんだ。

不真面目になろうとしていた彼女は、本当は真面目なままでいたかった。なのに、遅刻してしまった。

入学式が終わるころ、ビー玉を持って、彼女は校門の前に到着した。

「さっき、貴女が倒れていた場所で、試してみたんです。校門の前からビー玉越しになにがみえるのか」

校門から校庭の方をみると、正面に校舎がある。

その校舎には、大きな時計がついている。

大幅に遅刻して、入学式が終わるころ、校門に辿り着いた世良はきっと、その時計をみたのだ。ビー玉越しに。

ビー玉越しの世界は、なにもかもが反対にみえる。時計をみれば、その文字盤も。上が下で、右が左にみえる。たとえば一一時三〇分を指す時計の針は、ビー玉の中の世界では、まだ五時くらいの位置にある。

「昨日、貴女が入学式に遅刻して、校門の前に立ったとき。ビー玉越しの逆転した世界で、時計は早朝の時刻を指しているようにみえた」

ただ、そうみえただけだ。そんなことに意味なんてありはしない。

時計が何時を指しているようにみえても、午前一一時三〇分は午前一一時三〇分だ。

時間が変化することはない。

「でも貴女は、そちらの世界がよかったんですね？　嘘だとしても、まだ入学式が始まっていない、貴女が遅刻していない世界に逃げ込みたかったんですね？」

きっと、たったそれだけのことなんだ。

そんなことが理由で、彼女はビー玉の世界に囚われた。世良佐和子にとってそれは、無意識的に能力を使用するくらい、強い願望だった。

彼女は長い間、なにも答えなかった。

ケイは彼女の返事を待つのを止める。代わりに尋ねた。

「ビー玉の中は、心地いいですか？」

彼女はそっと、首を振る。

「ここは全部、逆さまなの。学校も、時計も、私も逆さま。逆さになった時計を、逆さになった私がみたら、それは逆さじゃないんだよ」

「ならビー玉の中は、外となにも変わらない」

そこは彼女が望んだ世界じゃない。

「うん。やっぱり私は遅刻してて、そうしたいと望んだはずなのに、それが嫌でたまらない」

私は利口じゃないんだよ、と、世良は言った。

ケイはじっと、彼女のビー玉をみつめていた。透明で少しだけ青みがかった、安っぽくて、そして綺麗な球形。光を反射して、きらきらと輝いている。

「世良さん。貴女はきちんと、入学式に参加するべきだったんです」

ビー玉の中に逃げ込みたくなるほど苦しいなら、彼女の中にある綺麗なものを捨てる必要なんてない。利口じゃなくても、もっと我儘に、それを守ろうとしても良いのだとケイは思う。

世良は首を振る。

「でも、もう遅いよ」

彼女に向かって、ケイは微笑む。

「いえ。まだ、間に合います」

ビー玉のチープな輝きをみつめたまま、言った。

「春埼、リセットだ」

ひとりの少女を、ビー玉の中から連れ出すために。

ただそれだけのために、世界は崩れる。

崩れて、また組み上がって、そこに過去の世界が生まれる。

5

四月一〇日、月曜日。

芦原橋高校の入学式が行われる日の朝、世良佐和子は停留所のベンチに座っていた。

目を開くと、手のひらにキャンディを載せて微笑む先生がいるはずだったけれど、そんなことはなかった。薄汚れたアスファルトがみえるだけだった。

目元をこする。夢をみていたのか、何年も前の出来事を思い返していただけなのか、世良にもよくわからない。とても眠かった。停留所のベンチで眠ってしまったのかもしれないし、漠然と古い記憶を思い返していたのかもしれない。どちらもあり得るなと世良は思う。

昨夜はあまり眠れなかった。大きなイベントの前夜は、いつだってそうだ。

八つ当たりのような気持ちであくびを嚙(か)み殺して、空を見上げる。ぼやけた視界に、よく晴れた青空が映った。

一昨日(おととい)から降っていた雨は、今朝にはもう上がっていた。でもその雨のせいで、桜の花は大半が散ってしまった。足元に視線を落とすと、ふちが茶色くなった桜の花びらがアスファルトにへばりついていて憂鬱(ゆううつ)な気分になる。誰も私を祝福していないのだ、という気がした。被害妄想だ。

世良は胸の中でつぶやく。

――私は今日から、高校生になる。

それはきっと、誰にだって訪れる当たり前のことなのに、今はまだ上手(うま)く信じられない。卒業式からひと月経っても、中学校を卒業した実感がない。思えば小学校を卒業したときもそうだった。いつまでも卒業の実感がないまま、いつの間にか中学生という環境に慣れていた。

　世良はバスを待っていた。新品の制服を着て、今日から使える定期券を握り締めて。

小学校にも中学校にも徒歩で通っていたから、学校に行くために乗り物を使うのは初めてだ。真新しい定期券には、心が躍らないでもないけれど。

――どうせ来月には、当たり前になっちゃってるんだろうな。

　と、世良は内心でぼやく。

　高校生という肩書きにも、新品の制服にも、この定期券にもきっとすぐに慣れてしまう。登下校にバスでの移動が組み込まれるだけで、あとはみんな、中学生のころと同じになるのだろう。また今までと同じ生活を繰り返し、同じあだ名で呼ばれるのだろう。

――でも、それじゃ、だめだ。

　世良はポケットの中に手を入れる。指先がこつりと、硬いものに当たる。ストロベリー味の棒つきキャンディが、そこにある。

　それは砂糖と、水飴と、香料を混ぜて作った、シンプルに甘い食べ物だけれど、でも今はまったく違った意味を持っている。ただのキャンディが、今までのすべてを壊してくれるはずだ。

　小学生のころに先生から聞いた話を、ずっと信じていた世良を壊して。人並みに利口で効率的な彼女に、作り変えてくれるはずだ。

　もう一度、あのころのことを思い出す。

いちばん、綺麗なもの。それは丸くて、きらきらとしている。キャンディに似ているけれどもっと綺麗で、胸の中にしかない、目を開くともうみえないもの。

――でもそれと同じくらい綺麗なものが、世界にはたくさんあるのよ。

と、先生は言った。

でもそんなもの、どこにもなかった。少なくとも彼女の周りには、どこにも。

エンジンの音が聞こえて、世良は通りの向こうに視線を向けた。バスが来たのかと思ったのだ。だがそれは運送業者のトラックだった。再び足元に視線を落とそうとして、でもその直前、ひとりの男の子の姿が目に入った。彼は世良と同じ、芦原橋高校の制服を着ている。

――私と同じ新入生だろうか？　先輩だろうか？

興味を惹かれて、世良はこっそりとその男の子の様子を観察する。彼も芦原橋高校に向かうなら、同じバスを利用するかもしれない。これから毎日？　だとすれば挨拶をした方がよいだろうか。でも、なんだか少し恥ずかしい。

彼は通りの向こう側を歩いていた。ちょうど世良が座ったベンチの真向かいで足をとめて、ふいにしゃがみ込む。足元から、なにかを拾い上げたようにみえる。

――ビー玉？

小さな、丸い、青みがかったガラス玉だ。彼は立ちあがり、それをするりとポケットに落とし込んだ。

そのすぐ後に、バスが走ってきた。世良はベンチから立ち上がる。ビー玉を拾った彼も道路を渡り、世良の後ろに並んだ。

なんだか視線が気になって、世良はそっと、後頭部に触れた。

バスが走り出してからもしばらく、世良は後ろの座席に座った彼が気になっていた。でも高校が近づくにつれ、世良の意識は、別のことに移った。

先生のことをまた思い出す。

「目を閉じて。貴女がいちばん、綺麗だと思うものを想像して」

幼い世良は、先生のことが大好きだった。だからとても素直に目を閉じて、いちばん綺麗だと思うものを想像した。なんとなく思いついたのは、手のひらに載るくらいのサイズの、きらきらと輝くカラフルな球体だった。

先生は続ける。

「それが、貴女(あなた)の綺麗なもの。貴女の胸の中にある、とても綺麗なもの」

確かに、それはある。

あるのだと思った。

「貴女が思い浮かべたものは、きっと、目を開くとみえなくなってしまうでしょう」

たぶん、その通りだ。

世良は目を閉じたまま、小さな顎(あご)を動かして、こくんと頷(うなず)く。

「でもそれと同じくらい綺麗なものが、世界にはたくさんあるのよ」

あるだろうか？　本当に？　でも先生が言うのだから、きっとあるのだろう。

世良は尋ねる。

「どこにあるの？」

先生は答える。

「どこにだってあるわ。水溜りの中にも、青空の隅っこにも、教室の掃除用具入れの奥にも、貴女の言葉や行動にも」

「ないよ、そんなの」

「いいえ、きっとある。目でみたものや、頭で考えたことを、胸の中の綺麗なものと比べてごらんなさい。きっといくつも、綺麗なものがみつかるから」

「本当に？」

「ええ。さあ、目を開けて」

世良は目を開く。

先生は微笑んでいる。彼女の手に、小さなキャンディが載っている。

「これは、花瓶の水を換えてくれたお礼」

透明な小袋で梱包されたキャンディだ。丸くて、輝いている。それはさっき思い浮かべた、綺麗なものに似ているな、と、世良は思った。

「胸の中の綺麗なものを、失くしてはだめよ。それを失くさずにいられたなら、同じくらい綺麗なものを、どこからだってみつけられるから」

と、先生は言った。

——でも。

今日、高校の入学式を迎える世良佐和子は、そっとポケットの中に右手を入れた。

——綺麗なものばかりを探して生きるのは、たぶん利口じゃないんだよ。

ポケットの中には、棒つきのキャンディが入っている。

ただのキャンディだ。でも、劇薬でもある。世良の胸の中にある、ただ綺麗なだけで無価値なものを溶かす劇薬だ。

——私は、学校でキャンディを食べる。

なんだか馬鹿馬鹿しくて笑ってしまう。こんなの悪事とも呼べない、誰も気にしないような小さなルール違反だ。でもそうするためには、確かな覚悟が必要だった。それはこれまで大事に抱えてきた、綺麗なだけの重たいものを放り投げて、より効率的なものに手を伸ばす覚悟だ。

やがてバスが、芦原橋高校近くの停留所で止まった。

世良はバスを降りて、ゆっくりとした足取りで学校に向かう。周囲には世良と同じように、真新しい制服を着た生徒たちで溢れていた。彼らは世良よりも速い足取りで、彼女を追い抜いて進む。

校門を潜った世良は、人の流れから外れ、足を止めた。

そっとポケットから、棒つきキャンディを取り出す。

指先が震えた。こんなことで。馬鹿げている。だから利口になるために、このキャンディを舐めるのだ。そうすることが、必要だ。

世良は包装紙に手をかけた。そのとき背後から、声が聞こえた。

「すみません」

その程度のことで、息が詰まるくらい驚く。

世良はそっと振り返る。そこに、あのビー玉を拾った男の子が立っていた。

彼は言った。

「大丈夫ですか？」

「え？」

「なんだか、体調が悪そうだったから」

顔をしかめていたから、そんな風にみえたのだろうか。

世良はもう一度、棒つきキャンディに視線を戻して、答える。

「これ。食べたいな、と思って」

彼は軽い口調で言う。

「それなら、早く食べればいいのに」

なんだか悲しくなった。

――私がなにを問題にしているかなんて、誰にもわからないんだ。

そんなの当たり前のことなのに、でも少しだけ腹立たしくて、不機嫌な口調で世良は言う。

「でも、校則違反です」

彼は軽く、首を傾げた。

「校則は、守るべきですか？」

もちろんだ、とつい答えそうになる。

息をとめて、世良は首を振った。

「別に、どうでもいいことだと思います」

なにを期待していたんだろう？　私はこの子に、叱られたかったのだろうか。校則は守るべきだと熱く語られたかったのだろうか。そんなことが起こるはずもないのに。

世良はうつむく。彼の視線から逃げ出すような気持ちで、乱暴にキャンディの包装紙を剝がし、口に含む。ただのキャンディだ。でもこれまで信じてきたものを溶かして消し去る劇薬だ。口の中に、わずかな酸味と、強い甘みが広がる。それは幸せな味であるはずだった。小学三年生のとき、先生にもらったキャンディの味と、だいたい同じものなのだから。

でも、今はよく、味がわからなかった。

胸の中から、いちばん綺麗なものが消えていく。その喪失感だけを感じていた。

「どうして、泣いているんですか？」

と、彼は言った。

自身の頬を、涙が伝っていることには気づいていた。

首を振って、

「わかりません」

と、世良は答えた。

これで、正しかったのだろうか。私は利口に、なれただろうか。

少なくとも期待していた解放感はない。

「ところで――」

苛立つくらいに淡々とした口調で、男の子は言った。

「キャンディを食べても、校則には違反しませんよ」

咄嗟には、彼がなにを言っているのかわからなかった。

喉から「え？」と小さな音がもれる。

彼は確信を持った口調で、言った。

「授業中の飲食は禁止だけど、それ以外は問題ありません」

世良は制服の内ポケットに触れる。中学時代はいつも、そこに生徒手帳を入れていたのだ。生徒手帳には、校則が載っている。

だがそこには、なにも入っていない。当然だ。まだこの高校の生徒手帳をもらっていないのだから。それはたぶん、入学式の後に配られるのだと思う。

——なんて間抜けなんだろう。

小学校も、中学校も、休み時間に物を食べてはいけなかったから、高校だって当然そうなのだと思い込んでいた。知りもしない校則を破ろうと、躍起になっていた。

どうしよう。恥ずかしい。顔が火照るのがわかった。

でも同時に、安堵していた。全身から力が抜ける。急に体が軽くなったような気がした。キャンディを食べて、綺麗なものを溶かせば手に入るはずだった解放感が、今訪れた。

いつの間にか彼は、柔らかく笑っていた。

「それに。やっぱり校則は、守るべきなんだと思いますよ」

そう言い残して、こちらに背を向ける。声を掛けようかと思ったけれど、適切な言葉がみつかる前に、彼は歩き出していた。

口の中で、キャンディが溶ける。もう劇薬ではないキャンディ。それはやっぱり、幸せな味がする。

人込みに紛れて、男の子の背中はみえなくなっていた。

——私の胸の中に、まだ綺麗なものは残っているだろうか？

そう考えて、世良佐和子は目を閉じた。

＊

「――以上です」

と、浅井ケイは言った。

津島信太郎は、奉仕クラブの部室で、彼からの報告を聞いていた。ケイの隣には春埼美空がいる。

津島は尋ねる。

「それで、世良佐和子の問題は解決したと思うか？」

ケイは簡単に首を振る。

「どうでしょうね。同じことが、また起こる可能性もあります」

「どうすれば再発を防げる？」

「ちょっと思いつきませんね。彼女が能力を持っている限り」

それは、その通りだ。

能力というのは、発動するものだ。願うだけで使ってしまうものだ。能力そのものを使用者から奪い取るような方法がない限りは。

津島は顔の前で、適当に手を振った。

「ま、だいたいわかった。もう帰っていいぞ」

「はい。それでは」

ケイと春埼が、並んでソファーから立ち上がる。

部屋を出る直前、振り返って、彼は言った。

「今回は、我儘を聞いてくださって、ありがとうございます」

「我儘？」

「ぎりぎりまでリセットを使いませんでした」

それでは、これからよろしくお願いします、と告げて、ふたりは部室を出た。

ドアが閉まるのを確認してから、津島はテーブルの上に並んだ、二枚の入部届に視線を落とす。

浅井ケイ。

――よくわからない奴だ。

すべての言葉が本心のようにも、口先だけのでたらめにも聞こえる。

能力は春埼美空の方が圧倒的に強力だ。浅井ケイの記憶保持は、リセットの補助役でしかない。だが能力に関する問題に関わったとき、中心に立つのは、いつだってあの少年だ。彼はあらゆる能力を、誰よりも深く理解する。

なぜだろう？　理由はわからない。他の生徒よりも浅井ケイが、能力に慣れ親しんでいるはずもない。彼が咲良田に住み着いたのは、ほんの四年前なのだから。

住み着く、という表現は、奇妙にあの少年に似合う。彼はどこか身勝手だ。なにもかもが彼の中だけで完結しているようにみえる。そのくせ、他人の能力を理解する。能力とはつまり、その使用者が望み、欲しているものだ。

——ま、いいさ。少なくとも世良は、学校に来たんだ。

浅井ケイは、その仕事を果たした。問題をその大本から消し去ろうとして、その目論見は成果を上げた。期待通りの成果だと言っていい。

やはり津島が利用できる能力者の中で、もっとも適確に問題に対処するのはあの少年だろう。管理局の判断を超えて行動するような高校生は、浅井ケイしかいない。

——なら、あいつに頼るのがいちばんだろうな。

そう考えて、津島は笑う。自嘲に近い笑みだった。

教師が、自分にできないことを、生徒に押しつけようとしている。それは正しいことではない。でも、間違った方法を使ってでも、手に入れたい結果がある。

学校に登校させるべき生徒は、もう一人いるのだ。彼女は去年の夏以降、一度も登校していない。形は違うが、世良と同じように自身の能力に囚われている。

彼女と、浅井ケイを出会わせれば、いったいなにが起きるだろう？

彼の入部届を手に取って、津島はまた笑う。

充分に想像しなければならない。でも、上手くいくような予感がしていた。

「ビー玉世界とキャンディレジスト」了

ある日の春埼さん～お見舞い編

いつも教室では、左手で頬杖をつき、右前方を眺めている。――いつも、といっても、先月の席替えが終わってからのことだけれど。ひと月ほども続けると、それ以前の教室での過ごし方を忘れてしまう。

七月四日、火曜日の最後の授業だ。春埼美空は世界史の講義を聞き流しながら、普段と同じように頬杖をつき、右前方を眺めていた。

視線の先には空席がある。いつもならそこに座っている彼が、今日はいない。昨日から、彼の声が少しおかしいと思っていたのだ。そのことをもっと重要視すべきだったのだと、今になって思う。春埼は小さなため息をついたけれど、それはあまりに小さすぎて、周りの誰も気がつかなかった。

教壇では年配の男性教師が、フランスで起こった革命とルソーの思想について語っている。どうでもいいことだった。今考えるべきことは、何百年も前に終わった革命の推移でも、政治的な主権の在り処でもない。

浅井ケイが風邪をひいて、学校を休んだ。その出来事にどう対処するべきか、というのが、春埼にとって最大の問題だった。

ケイが体調を崩すのは、実のところそれほど珍しくない。年に数度はあることだ。彼は日々健康に気を遣って生きているタイプではないし、ちょっとくらい体調が悪くても気に留める様子もない。基本的には注意深く、聡明で、知識も豊富なのに。どうして風邪には早めに対処した方が効率的だということを学ばないのだろう？

そう考えて、たぶん風邪をひくということに、それほど否定的ではないからだろうと結論を出す。

ケイは自身の苦痛への耐性が強い。頭が痛くても気分が悪くても、そんなものだと簡単に割り切ってしまう節がある。それに普段の彼は意外とものぐさで、帰宅時にうがいを徹底するようなことはしない。

まぁ、それはいいのだ。文句を言うべきことではない。ケイの体も健康も、すべて彼自身のものだ。

春埼が悩んでいるのは、大まかに言ってみっつだった。

第一に、彼のお見舞いに行くべきか。

第二に、お見舞いに行くとするなら、なにを持参するべきか。

そして第三に、U研の課題に協力するべきか。

どれも難しい問題だった。

お見舞いにはぜひ行きたいところだ。

でも部屋を訪ねて「お大事に」と伝えたところで、ケイの病状が良くなることもないだろう。どちらかというと彼に無理をさせる可能性の方が高いように思う。ならばお見舞いに行ったところで、逆効果にしかならない。

唯一、彼の元を訪ねる理由になりそうなのは、食事に関することだ。風邪をひいた彼が、面倒がって食事を摂っていない可能性は充分に考えられた。でもなにか食べ物を持ってお見舞いに行けば、それに口をつけるはずだ。

——彼の部屋に行って、おかゆを作るのはどうだろう？

とても良い考えのように思えた。

彼の部屋を訪ねる理由になるし、持参するものもはっきりしている。必要なのは土鍋と米だ。それにうめぼしと出汁昆布。もう少し凝った方がいいかとも思うけれど、きっと彼はシンプルなものを好む。

さすがにおかゆの作り方くらいは、わかっているつもりだった。でも失敗するわけにはいかない。あとでレシピを検索して、詳しく調べてみよう。

誰の目にもとまらないくらいに小さく、春埼は頷く。今日の放課後はケイの部屋に行って、おかゆを作ることに決めた。思わぬ大イベントだ。カレンダーに赤丸をつけるべき計画だが、思い立ったのが当日なのでそうする意味もない。

これで残った問題は、U研の課題のことだけだ。

U研の課題というのは、クラスメイトの皆実未来という少女が、今日の昼休みに持ち出した話だった。

いつもなら春埼は、昼休みになると、ケイと共に階段の踊り場で昼食を摂る。でも今日は彼が休んでいたので、春埼はひとり、教室の席で弁当箱を広げることにした。

いただきます、と言ってみたけれど、食欲もわかなかった。

春埼はいったん箸を置き、代わりに携帯電話を取り出した。ケイから連絡が入っているような気がしたのだ。それは気のせいだったけれど、なんとなくメールの受信ボックスを開き、今までに彼から届いたメールを読み返してみた。

彼からのメールの大半は、事務的な連絡だった。いちばん多いのは、待ち合わせの場所と時間を指定するものだ。続いて、「了解しました」とだけ書かれたもの。彼のメールは、たまに敬語になる。

こちらからメールを送ってみようか？　でも今、彼が眠っているなら、着信音で起こしてしまうかもしれない。そんなことを考えていたとき、皆実未来が現れた。

いつものように満面の笑みを浮かべて、彼女は言った。

「はろー。ごはん一緒に食べてもいい？」

とくに断る理由はない。春埼が頷くと、皆実はひとつ前の席をくるりと一八〇度回転させ、春埼の向かいに座った。

彼女は小さな楕円形の弁当箱を開きながら言う。

「今日の美空は、なんとなくアンニュイだね」

アンニュイ。聞いたことがあるけれど、よく意味がわからない言葉だった。たしか英語ではなかったはずだ。だから机の中に入っている、英和辞典にも答えはない。

「アンニュイとは？」

興味もなかったが、春埼は尋ねる。興味がないからといって話を打ち切らないのが日常会話というものだろう。少なくともケイは無意味な会話を好む。

皆実は右手で箸をつかんだまま、左手の人差し指で頬を掻く。

「いや、なんとなく。浅井くんが休んでるから、アンニュイかなと予想してみたよ」

アンニュイという言葉の意味を尋ねたつもりだったけれど、少しずれた答えが返ってきた。でも、さらに追及するような話題だとも思えない。

「そうですか」

軽く頷いて、春埼はまた箸をつかむ。昼食のメインはピーマンの肉詰めだった。春埼に食べ物の好き嫌いはない――嫌いなものだけではなく、好きなものもこれといってないから、まぁなんだっていい。

皆実は箸でブロッコリーをつまみ上げて言う。

「浅井くんのお見舞い、行くんでしょ？」

「考え中です」

「どうして？　考えることなんかないでしょ」

少し悩んでから、春埼は尋ねる。

「行った方がいいと思いますか？」

「もちろん。せっかくラブなイベントなんだから」

「風邪とラブは関係ありません」

「あるよ。病気で弱気になってる時こそ狙い目だよ」

ケイが風邪をひいたくらいで、弱気になるとも思えなかったけれど。春埼はピーマンの肉詰めを口に運ぶ。ひき肉とピーマンの味がした。

皆実はいまだブロッコリーをつまんだままの箸を上下に動かしながら身を乗り出す。

「ところで美空。手っ取り早く風邪を治す方法を知ってるかな？」

「薬を飲んでよく眠ることですか？」

「そんな現実的なのじゃなくて、もっと愛の奇跡的なやつ」

手っ取り早く起こせる奇跡というのは想像しにくいところがあったけれど、ともかく風邪が治るというなら、聞いてみようかという気になった。

皆実はいつまでもブロッコリーを口に運ばないまま、左手の人差し指を立てた。もしかしたら彼女はブロッコリーが嫌いなのかもしれないな、と春埼は思う。

「そのいち。キスすると、風邪がうつる」

どうだろう。たしかに粘膜の接触で感染するウィルスというのはいくつもいそうだから、そう間違ってもいないのかもしれない。

続いて彼女は、中指も立ててピースサインをつくる。

「そのに。風邪は他の人にうつすと治る」

それはおそらく間違いだ。迷信と呼ばれる類の話だろう。風邪は感染力が強く、短期間で治るものが多いため、構造的に他者に感染してからそう間を置かずに治るだけではないだろうか。

だが皆実は、堂々と言い切った。

「つまり、キスすると風邪は治る」

ロジカル、と彼女は声を上げる。

論理としては間違っていないけれど、前提が間違っている。

「まずあり得ないです」

と、春埼は答えた。

皆実は勝手に納得した様子で、ようやくブロッコリーを口に運んだ。

「実は私も信じてないけど。U研の課題なんだよね。風邪は本当に、人にうつすと治るのか」

「U研というのは？」

「私がやってる部活だよ」

彼女は慣れた様子で説明する。U研のUとはUnidentifiedの頭文字で、和訳すると未確認という意味らしい。研はそのまま、研究会の略。

「つまり未確認なものをなんでも調べようっていうのが、U研だよ」

理解はできたが、命題に対して研究方法が適切だとは思えなかった。

「仮にケイの風邪が私にうつり、ケイの風邪が治ったとして。それでも人にうつせば風邪が治るということは、証明できないように思います」

それだけでは、風邪がうつることと治ることが関連している証拠にはならない。ただうつしてから治っただけだ。

「だから、できるだけたくさんのデータが欲しいんだよ。風邪をひいてから治るまでの期間と、その間に人にうつしたかどうかを確認して、統計を出すのが目的」

意外に考え方が真っ当だった。それでも色々と疑問は残るけれど。

「風邪の感染というのは、気がつかないところで起こる場合が多いように思います」

「うん。だから正確な統計はとれないんじゃないかな」

「では、無意味なのでは？」

皆実はプチトマトをつかみ、にっこりと笑う。

「そ。U研の本当の目的は、無意味なことを真面目ぶって調べて、自分勝手な結論を出すことにあるの。真実なんて、どうでもいいんだよ」

無意味な研究会ではあるけれど、だからいいのだろうな、と春埼は思う。最近は少しだけ、無意味なことの意味がわかってきた。無意味な行動はおそらく、過程そのものを目的にできるという点で優れている。

「気が向いたら、浅井くんにキスしてみてね」

にやりと笑って、皆実は言った。

以上が、U研の課題に関するエピソードの全貌だ。

春埼にとって、世の中の事柄の大部分は、無関心というカテゴリーに分類される。つまりは、してもしなくてもいい。協力を頼まれれば、拒否することは少ない。

だが今回は、数少ない例外だった。理由は浅井ケイが関係している、その一点だけだ。

おそらく彼は、人に風邪をうつすことを嫌がるだろう。

――やっぱり、U研に協力することはできない。

そう結論を出したところで、チャイムが鳴って、今日最後の授業が終わった。

＊

放課後、自宅に戻った春埼美空は、母親に大きめの肩掛け鞄を借りた。春埼は学校指定の鞄の他には、ほんの小物しか入らないバッグと、反対に大きすぎるスポーツバッグしか持っていない。適切なサイズのものがなかったのだ。

母に借りた鞄に、小ぶりの土鍋と、おかゆに必要な食材を詰め込み、すぐにまた家を出た。制服を着替える必要も感じなかった。

足早に歩く。まっすぐケイのマンションに向かえば一五分程度の距離だが、少し回り道をして、商店街を通ることにした。キッチンにうめぼしがなかったのだ。ケイが冷蔵庫にうめぼしを常備している可能性は低い。

　隣をケイが歩いていないと、なんだか上手くバランスが取れないような、不安定な感覚に陥る。ひとりで歩くときはいつだってそうだ。もしかしたら、彼の歩調を思い出さなければ、まっすぐ歩くこともできないのかもしれない。きっとみんな錯覚だけれど、そう思った。肩にかけた鞄は、土鍋のせいで少し重い。

　スーパーマーケットに入り、まっすぐに食料品売り場を目指す。はちみつ入りのうめぼしをみつけ、満足して小さく頷いた。

　それから、他に買っておくべきものはないか考える。

　おかゆの材料は、これですべて揃ったはずだ。だが、まだなにかが足りないのではないかという気がしていた。それは直感的なものだ。あるいはどれだけ最善を尽くしても消えない種類の不安感なのかもしれない。でも頭を悩ませることをやめるわけにはいかない。考えながら、春埼はレジに向かう。

　夕食前のこの時間は買物客が多いのだろうか、レジの前にはそれなりの列ができていた。その最後尾につくと、視界に和菓子のコーナーが入る。

　――足りないのは、これだろうか？

　ケイは甘いものを好む。デザートになにか買っていった方がいいかもしれない。

　だがそのコーナーに並んでいるのは、大福餅やみたらし団子などの、ボリュームがあるものばかりだった。なんとなく病人にはそぐわないように思う。

そう考えている間に、レジの列が動く。春埼は小銭できっちりと会計を済ませた。

三月堂という名前の洋菓子店が春埼の視界に入ったのは、スーパーマーケットを出て一〇分ほど歩いたときだった。

三月堂は小さな店で、テイクアウトがメインだがほんの少しだけ店内で飲食できるスペースがある。以前ここで、ケイと共にシュークリームを食べたことがあった。

その店の入り口に、ポスターが貼られていた。とても控えめなポスターだった。サイズはB5版くらいだろう。「大人気」とも「新発売」とも「期間限定」とも記載されていない。びっくりマークのひとつもないポスターだった。そこにはシンプルに、『果肉入り桃ゼリー』とだけ書かれていた。

ポスターの前を通り過ぎ、春埼は足を止める。

――そうだ、桃だ。

足りなかったものは、桃なのだ。お見舞いには桃。誰が言い出したのか知らないが、そんな常識があったように思う。

春埼はくるりと向きを変え、三月堂に入る。

店内に他の客はいなかった。

女性の店員がひとり、ショーケースの向こうで微笑む。

「いらっしゃいませ」

春埼は店員の前に歩み寄り、言った。

「桃ゼリーをふたつください」

ケイと一緒に桃ゼリーを食べよう。それは素敵な計画だ。

だが店員は、少しだけ表情を曇らせた。

「申し訳ありません。本日のぶんは――」

売り切れたのだ、と彼女は言う。残念だが、仕方がない。営業時間の関係だろうか、みればショーケースの中のケーキの数も、残り少ないようだった。

「かわりに、こちらのフルーツタルトはいかがでしょう？　桃もたっぷり使っています」

店員の手のひらの先に目を向ける。タルト。難しいところだ。ケイは好きそうだが、風邪をひいたとき、タルトを食べようという気になるだろうか。

せっかく目の前に専門家がいるのだから、素直に尋ねることに決める。

「病気のときに、食べたくなるものはありますか？」

店員は微笑む。

「お見舞いですか？」

「はい」

「じゃあ、そうですね。アイスクリームはいかがでしょう？」

アイスクリーム。

なるほど、確かに冷たいものはよさそうだ。だが、桃じゃない。

店員はなにか確信を持った風に告げる。遥かな昔から決まっている儀式の手順について語るように。

「病気の時は、アイスです」

「桃よりもアイスクリームですか？」

「桃もいいけれど、やっぱりいちばんはアイスです」

そういうものだろうか。だが春埼よりも目の前の店員の方が、洋菓子について詳しいことは疑いようもなかった。

「桃のアイスはないけれど、リンゴを使ったアイスがおすすめです」

リンゴ。たしかにお見舞いには、リンゴかもしれない。そんな気がしてきた。

春埼はもう一度だけフルーツタルトに目を向けて、決断する。

「では、リンゴのアイスクリームをふたつください」

店員は、にっこりと笑った。

「少々お待ちください」

彼女はケースからカップ入りのアイスクリームをふたつ取り出し、手早くドライアイスと一緒に紙袋に詰めた。

＊

アイスクリームが溶けてしまわないように、足早に歩いて一〇分、春埼美空はケイのマンションに到着した。

右手にはうめぼし。左手にはリンゴのアイスクリーム。そして肩にかけた鞄の中に、土鍋と米と出汁昆布。完璧だ。

なのに春埼はマンションの前で足を止める。このままお見舞いに行くべきなのか、また迷っていた。

今さらだ。でもそれは、切実な悩みだった。

想像力が足りていなかったのだ。ケイの部屋を訪ねるには、玄関の呼び鈴を鳴らさなくてはならない。そして彼自身に、扉の鍵を開けてもらう必要がある。

ベッドで眠っている彼を無理に起こし、玄関まで歩かせるだけの価値が、おかゆとアイスクリームにはあるだろうか。難しいところだ。療養にもっとも必要なものは、睡眠なのだと春埼は思う。

それに、今まで彼が夕食を用意していない前提で行動してきたけれど、それが正しいとも言い切れない。キッチンに食べられるものがあるかもしれないし、すでに食事を済ませている可能性さえある。場合によっては春埼の行動で、彼に余計な手間をかけさせる。

——困った。

行くべきか、帰るべきか。判断できない。

しばらく悩んで、ふいに気づく。

実のところ、もうずっと前から答えは出ているのだ。だってこれまで、彼のお見舞いをしたことはない。

理由は簡単だ。浅井ケイは、優秀だ。大抵のことはひとりでできてしまう。それに彼はきっと、ひとりきりでいることに苦痛を感じない。

浅井ケイを心配する必要なんてないのだ。理性だけで判断するなら、彼が風邪をひいたとき、春埼は黙ってそれが治るのを待っていればいい。

もう一度、マンションを見上げる。ケイの部屋がある窓を。それから携帯電話を確認する。彼から連絡はないかと期待して。でも、そんなものがあるはずもない。

――やっぱり、帰ろう。

明日(あした)になれば、ケイの風邪が治っていると信じて。このままなにもなかったように、家に帰ろうと春埼は決めた。

なんだか少しだけ、悲しかった。だが春埼自身の感情なんか、今は関係ない。ケイはゆっくり眠るべきなのだと、春埼は思う。

踵(きびす)を返し、普段よりも幾分遅い速度で歩き出す。

こんなにゆっくり歩いていたら、アイスクリームが溶けてしまうかもしれない。でもそんなことも、今となってはもうどうでもいい。

日は沈みつつあった。少し暗い、だが夜ではない道路を、ひとり歩く。アスファルトを踏みしめる靴底が、小さな音を立てる。その音が聞こえるたびに、私はケイから離れているのだ、と春埼は思った。当たり前のことだ。

近くの交差点で、信号に引っかかり、足を止める。

振り返ればまだ、ケイのマンションがみえる。そう思ったときだった。

ふいに、携帯電話が鳴り出した。電話ではない。メールの着信を告げる電子音だ。春埼は携帯電話を取り出す。送信者の名前を確認する。――ケイ。

春埼は慌てて、メールを開く。画面が切り替わるまでの時間が奇妙に長かった。信号が青に変わる。そんなこと、どうでもいい。

ようやくメールの文面が表示される。

『なんだかとても、アイスクリームを食べたい。もし時間があれば、買ってきてもらえませんか？』

信じられなかった。

これが奇跡というものなのかもしれない。

さすが専門家だ。やっぱり風邪には、桃よりもアイスクリームだった。そんなことに感心して、振り返る。春埼はケイのマンションに向かって駆け出そうとした。でも理性が、これはおかしいと告げていた。

浅井ケイが送る種類のメールではない。もちろん彼のすべてを知っているわけではないけれど、それでもあり得ないと断言できる。なにか理由があるはずなのだ。このメールには、きっと。

だが、どんな理由があったところで、それは重要なことなのだろうか？

大切なのはケイがアイスクリームを食べたいと言っていて、自分はアイスクリームを持っていることではないだろうか。理由は、彼に会ってから訊けばいい。

ともかく春埼は、再びケイのマンションに向かって歩き出す。先ほどまでよりも、ずっと速い歩調で。途中、メールに返事をしておくべきだと気づいて、足を止めた。

そのときだった。

背後で、足音が聞こえて、止まった。

春埼美空は振り返る。そして事情を理解した。

街灯の陰に、誰かが隠れたのがわかった。でも街灯のポールは細く、まったく姿を隠せていない。なんとか顔がわからない程度だ。

今日一日の出来事を思い返し、春埼は言った。

「皆実さんですね？」

皆実未来、クラスメイト。U研に所属していて、今日の昼休み、ケイのお見舞いに行くべきだと主張した少女。

彼女は照れたように笑いながら、街灯の陰から姿を現す。

「ども」

少し考えて、春埼は尋ねる。

「ずっと後をつけていたんですか？」

「ん、まぁ。ごめんなさい」

なぜ謝られたのか、よくわからない。そういえば人を追跡するのは法に反していたような気もするけれど、気のせいかもしれない。

「どうしてそんなことをしたんですか？」

「なんとなく、面白そうかな、と」

「面白かったのですか？」

「それなりに。ベストシーンはお菓子屋さんの前を通り過ぎてから、やっぱり戻ってきてお店に入ったところだね」

どこが面白いのか理解できなかった。けれど本人が楽しんでいるのであれば、とくに文句もない。

皆実未来はふいに右手の人差し指を立て、左手は腰に当てて、なんだか怒ったような姿勢をとった。

「でも、ダメだよ、美空。どうしてお見舞いを止めちゃったの？」

「必要がないことに気づいたからです」

「お見舞いって、必要とかじゃないと思うよ」

「むしろケイの迷惑になる可能性に思い当たりました。それなら私は、引き返すべきです」

「迷惑じゃないよ。嬉しいよ」

それを判断するのはケイであって、皆実は関係ない。

ケイが嫌がるとも思えなかったけれど、本心はよくわからないし、なんらかの面で無理はするだろう。どれだけ体調が悪くても、平気なふりをするように思う。

「ともかく、それでケイに連絡を入れたのですね？」

「うん。これは見過ごせない、ってね」

どうして見過ごせないのかも、よくわからなかった。

けれど、ともかく彼女のお陰で、ケイからメールをもらったのだ。文句を言うようなことでもない。

春埼は笑う。それはとても小さな、虫眼鏡で観察しなければ見落としてしまうような笑みだった。

「ありがとうございます」

と、春埼は言った。

驚いた様子で、皆実は軽く目を見開く。

それからにっこりと笑って、頷いた。

「どういたしまして」

「それでは私は、ケイとアイスクリームを食べてきます」

早く行かないと、アイスクリームが溶けてしまうかもしれない。

「うん。あーん、ってしてあげてね」

そう言って彼女は、右手を差し出すような動作をする。たぶんスプーンで、アイスクリームを食べさせているふりなのだろう。

春埼は頷く。

「わかりました」

「え、ホントにするの？」

「お見舞いとは、そういうものではないのですか？」

小さなころ、春埼も母親にしてもらったことがある。

皆実は笑う。少しうつむき、上品に。普段の彼女とは違う笑い方だった。

「うん。きっと、お見舞いっていうのは、そういうものだね」

それじゃあいってらっしゃい、と、彼女は言う。

春埼は頷いて、手を振る皆実に背を向けた。

足早に歩き出す。まっすぐに、ケイがいるマンションを目指して、つい微笑んで。

その途中、なんとなく。――本当になんとなく、理由もわからないまま、U研の課題に協力することを、もう一度考えてもいいかもしれないと思った。

もう少しだけ、彼の部屋の呼び鈴を鳴らすまで、迷っていてもいいような気がした。

「ある日の春埼さん　～お見舞い編」了

月の砂を採りに行った少年の話

0

雲の少ない夜だった。

湿り気を帯びた夏の空気の中で、少女と少年は、小さな社の石段に腰を下ろして、夜空を見上げていた。少女は高校一年生で、少年は小学四年生だった。

夜空には月があった。半月よりも少し脹らんだ、もう数日で満月に至る月だった。

月をみていると、少女は一匹の猫を思い出す。まっ白な毛並みの、小柄な猫だ。その猫は、晴れた夜には決まって、小さな顎を上げて、澄んだ黄色い瞳でじっと月をみつめていた。

名前のない猫だった。彼は月こそが、自分の向かうべき場所だと信じていた。年老いて、やがて自身に死が訪れることを理解して、できるなら月で死を迎えたいと思った。

「ねぇ、あの猫は――」

隣に座った少年が、少女を見上げる。

「あの猫は、月に行けたのかな？」

少女は静かな声で答える。

「いや。彼は、月には辿り着けなかったよ」

猫は半年前、冬の寒い夜に、月に辿り着けないまま死んだ。山の中腹、大きな木の根元だった。あの夜も彼は月をみていたけれど、やがて目も開けられなくなって、暗闇の中で死んだ。

「じゃあまだ、月に行きたいと思っているのかな？」

「死んだ猫は思考しない」

「でも、もしかしたら――」

少女は首を振る。

「どうしようもないことだ。死を受け入れられない猫なんていない」

死の直前に、鳴き声を上げる猫なんていない。

肉体のすべてを手放して、静かに眠るように目を閉じるだけだ。

ゆったりとした口調で、少女は言った。

「死んだら、もう、なにもない」

生温い風が吹いた。

少年はしばらく、黙って月を見上げていた。少女も同じようにしていた。

月は寡黙だ。そこにはなんの主張もない。鳴き声も上げないし、爪でひっかくこともない。

じっと月をみつめたまま、少年は言った。

「あの猫が、好きだったんでしょう?」

　少女も月をみたまま答えた。

「今でもまだ好きだよ。彼の姿は、美しかった」

　二本の前足を揃えて伸ばし、腰を下ろして月を見上げる猫の姿は美しかった。なめらかな曲線を描く背中が美しかった。瞳から尻尾の先まで身体の中心にぴんと直線を引いた姿勢が美しかった。無駄を省いた、機能美のような、シンプルな美しさを彼は持っていた。

「じゃあ、あの猫が月に行ければよかったと思う?」

「そうだな。叶えられるなら、叶えてやりたかった」

「あの猫は、月の砂の上で死んだ方がよかった?」

「もちろん。彼はそれを望んでいた」

　少年は立ち上がり、月の光の真下に立つ。

　まっすぐに少女に向かって、照れたように微笑んだ。

「ねぇ。僕、月に行けるようになったんだ」

　この出来事の始まりがどこだったのか、少女にはよくわからない。少年がこの街を離れることが決まったときなのかもしれないし、あの猫が死んだ日なのかもしれない。あるいは少女と少年が、初めて出会った夜なのかもしれない。

　でも、ともかく雲の少ない夏の夜に、少年は言った。

「月の砂を採ってくるよ。あの猫にあげるんだ」

相変わらず寡黙で美しい月を背にして、少年はそう言った。

1

七月二五日、午後五時の空は青く澄んでいた。

さすがに太陽はずいぶん傾いていたけれど、真夏のこの時間帯は、まだ夕刻と呼ぶには早すぎる。

もう夏休みに入っていたので、曜日の感覚が薄れている。七月二五日は火曜日だったけれど、これが月曜日でも水曜日でも、大きな違いはない。

浅井ケイは手をかざして太陽の光を避けながら、花見崎（かみさき）神社の脇にある石段を上っていた。すぐ後ろには春埼美空がいる。石段は幅が狭く、ふたり並んで上ると窮屈だ。

首筋を汗が伝って気持ち悪い。手のひらでその汗を拭（ぬぐ）うと、後ろから春埼の声が聞こえた。

「ハンカチを使いますか？」

「ありがとう。でも、大丈夫だよ」

「そうですか」

彼女の声は、女の子にしては低めで、少しだけ掠れたように聞こえる。心地いい声だった。少なくとも頭上で、大音量で鳴き続けるセミの声よりはよほど涼やかだ。

やがて石段が途切れて、土がむき出しの山道に出る。石段よりは幅が広くなったそこで、春埼が歩調を速めて、ケイの左隣に並ぶ。青いワンピースの裾が揺れて、彼女が提げた鞄の中から、からんからんと音が聞こえた。

「その鞄、なにが入ってるの？」

「水筒に、冷たい麦茶をつめてきました」

なるほど。たしかに先ほど聞こえたのは、氷の音だったように思う。

「飲みますか？」

「野ノ尾さんのところに着いたらもらうよ」

もう数分、この山道を行けば小さな社がある。そこでよく猫と共に昼寝をしている少女、野ノ尾盛夏に会うのが、この小規模な山登りの目的だった。奉仕クラブの仕事の一環で、彼女から話を聞く必要があるのだ。

野ノ尾に初めて出会ったのは、一〇日ほど前のことだった。ある猫の動向を知りたくて、猫に詳しい彼女に協力を求めた。まだ知り合って間もないけれど、ケイは彼女のことが気に入っている。

シャツの首元をぱたぱたと動かして、ケイは言う。

「それにしても、暑いね。午後五時だとは思えない」

夏が嫌いなわけではないけれど、少し日が長すぎる。

「夏は暑いものだ、と以前ケイが言っていました」

「言ったかもしれないけれど、今年はちょっと暑すぎない？」

「同じことを、去年も言っていましたよ」

「そうだったかな」

どんなときに、どんな口調で、自身がその言葉を口にしたのかケイはもちろん覚えている。けれど首を傾げてごまかした。夏というのは暑い季節で、そして暑いことに対して愚痴をこぼす季節だろう。寡黙に押し黙るのは冬の方が向いている。

空を見上げて、ケイは言う。

「月面はとても涼しいんだろうね」

「ケイも月に行ってみたいですか？」

「どうかな。もちろん興味はあるけれど」

夏用の薄着で月まで行くと死んでしまうし、宇宙服は動きにくそうだ。重力が極端に少ないのは魅力的だが、無ければ無いで色々と苦労も多そうだった。

「月に行くよりも、クーラーの効いた部屋で寝転がっている方が気楽でいいね。今のところ、月の砂が欲しいわけでもない」

と、ケイは答えた。

昨夜、ある少年が消えた。

彼が最後に残した言葉が、「月の砂を採ってくるよ」というものだった。

ケイと春埼はほんの二時間ほど前に、奉仕クラブの仕事として、その少年に関する調査を依頼された。少年の安否を確認することが、とりあえずの目的だ。

やがて前方に、小さな社がみえてくる。周りには十数匹の猫がいて、その中心、社の前に三段だけある石段に、ひとりの少女が座っている。

野ノ尾盛夏。

月に向かった少年が最後に会った人物が、彼女だ。


野ノ尾盛夏の肌は白い。ちょっと信じられないくらいに白い。

夏場にこんなにも白い肌を維持できる理由が、ケイにはよく理解できなかった。なにか超常的な力が働いているのかもしれない。

彼女は猫に囲まれて、目を閉じていた。彼女は眠っているときや、それと同じくらい意識がぼんやりとしているとき——つまりは自分を忘れているあいだだけ、猫と意識を共有できる能力を持っている。

夏休み中だというのに、なぜだか野ノ尾は学校の制服を着ていた。ケイが彼女の前に立つと、白いまぶたがゆっくりと持ち上がる。

「おはよう」

と、彼女は言った。

「おはようございます。起こしてしまいましたか？」

「いや。君たちが来るのを待っていた」

一匹の猫が、野ノ尾の膝に上る。彼女は猫の背に手を置いて、続ける。

「翔太のことで来たんだろう？」

「はい。その通りです」

日下部翔太というのが、月の砂を採りに行くと言って消えてしまった少年の名前だ。

「君は、翔太についてどれだけ知っている？」

「ほとんどなにも知りません。小学四年生で、趣味は天体観測。三年ほど前にこの咲良田にやってきて、あと二日で別の街に引っ越していく予定、ということくらいです」

管理局から渡された資料で読んだのだ。住所や生年月日なんかも知っていたけれど、それほど意味があるとも思えない。

「あとは、彼が主に天体観測を行っていた場所がここだったことくらいですね」

猫をなでながら、野ノ尾は頷く。

「私が知っていることも、だいたいそんなものだよ」

「でも、野ノ尾さんは一年も前から知り合いでしょう？」

「よく知っているな」

「さっき、彼の両親に会ったので」

日下部翔太について話を聞いて、彼の部屋をみせてもらった。引っ越しの準備の途中だったようで、彼の部屋には物が少なかった。本のない本棚や、衣服のないクローゼットは、なんだか抜け殻みたいにみえた。

「野ノ尾さんは今回の出来事を、どう考えていますか？」

「少年が月に行ったきり帰ってこない」

「他には？」

野ノ尾は膝の上の猫に視線を落とし、優しい手つきでその首筋をなでる。猫は心地よさそうに目を細めて、大きく口をあけてあくびする。

「それだけだよ。君たちはどう考えている？」

「管理局は、家出の一種だと判断しています。理由は今のところ、引っ越しへの反対が最有力です。でもそこには、能力が関わっている可能性が高い」

日下部翔太は、野ノ尾の目の前で姿を消した。文字通り、消えてなくなったのだと報告を受けている。現場はここだ。

人が消えるトリックというのは手品ではメジャーだが、野外で、小学四年生がそれをしたと考えるのは自然じゃない。住民の半分が特殊な能力を持つこの街においては、物理的な仕掛けを疑うよりなんらかの能力を使ったのだという方に説得力がある。次いで有力な推測は唯一の目撃者——つまり野ノ尾が嘘の証言をしている可能性だけど、彼女がそうする理由も今のところみつかっていない。

野ノ尾は顔を上げて、こちらをみた。

「おそらく、家出ではない」

「どうしてそう思うんですか？」

「彼とは明後日（あさって）の午前中、ここで会おうと約束している」

明後日――翔太が咲良田を出る予定の日。

「管理局の判断は間違っている。浅井、君はどう考えているんだ？」

「今のところは、なにもわかりません。まだ判断できないから、野ノ尾さんに話を聞きに来ました」

「私はなにを話せばいい？」

「翔太くんが月に砂を採りに行った理由について、思い当たることはありますか？」

灰色の、尻尾（しっぽ）の先が曲がった猫が、ケイの足にじゃれついてきた。

ケイはしゃがみ込んで、その猫の背中をなでる。

「一匹の猫がいたんだ」

と、野ノ尾は言った。

＊

一匹の猫がいた。

まっ白な毛並みで、黄色い瞳の、小柄な猫だった。

その猫は、自身の死期が近いことを知っていた。以前のように速く走ることができなくなった。いくら食べても体は太らなかった。そもそもあまり食欲を感じず、睡眠時間ばかりが増え、鼻も利かなくなりつつあった。死という概念を正確に理解していたわけではないけれど、やがて自身の体がすべての機能を失うのだという実感は持っていた。

そのことに納得して、猫は空を見上げた。

たまたま夜で、たまたま綺麗な月が出ていた。大きな満月だった。

きっと、それだけのことなのだ。空を見上げたのが日中だったなら、太陽か、白い雲に憧れたのかもしれない。でも猫が空を見上げたとき、そこにあったのは満月で、満月は綺麗だった。

月に行こう、と、猫は思った。

自身の体がすべての機能を失うとき、なにもみえず、なにも聞こえず、匂いもわからず、鳴き声も上げられなくなるとき、あの上に立っていよう。この体が動かなくなるのなら、世界でもっとも美しい場所から、一歩も動かずにいよう。そう考えた。

木に登っても、まだ月には届かなかった。

屋根に登っても、まだ月には届かなかった。

月は途方もなく高い場所にあるのだ、と猫は知った。

だから猫は月の下、より高い場所を探して、山の中をさまよい歩いた。

野ノ尾盛夏は、猫と意識を共有できる能力を持っている。彼女はこの、月を目指す白い猫と、たびたび意識を共有した。

白い猫の意識の中で、野ノ尾は考えた。

――月に辿り着くことはできない。

月というのは、猫には辿り着けない場所にある。

猫と野ノ尾の意識は共有され、混じり合っていた。猫は初め、野ノ尾の思考を自分自身の考えなのだと思っていた。それでも反論した。

――そんなこと、やってみないとわからないだろう？

野ノ尾の思考は猫の意識に、猫の思考は野ノ尾の意識に反映される。それは自問自答のように、連鎖して続く。

――どんなに高い木に登っても、月には届かなかっただろう？

――それならもっと高い木を探すだけだ。

――無理だよ。ほら、こんなにも手足が重たい。月に届くほど高い木をみつけても、それによじ登ることなんてできはしない。

――どうかな。木登りには自信がある。それに、

――それに？

――今まで、行きたいと思って行けなかった場所なんてないさ。

――そうか。なら、好きにすればいい。

——当たり前だ。

——ああ。応援しているよ。

猫は少しずつ、自身の意識の異変に気づいた。

自分ではないなにかが頭の中にいるのだと理解した。

——お前、オレじゃないな？

——へぇ、驚いたな。私に気づいたのは、君が初めてだよ。

——誰だ、お前。

——誰でもいいじゃないか。私は君のことが大好きで、少し心配で、心の底から応援している。それだけで充分だろう？

——そうかい。ま、なんだっていいさ。一緒に月まで連れて行ってやるよ。

猫は夜の山を歩き回った。月を目指して、より高い場所を探して。野ノ尾は彼の意識を通して、その様子を見守っていた。

そしてある夜、彼はひとりの少年に出会った。

暗い山道だった。少年は疲れ果てた様子で、木の根に座り込み、空をみていた。

猫は慌てて茂みに隠れる。

——おいおい、なんだありゃ？

——子供だな。人間の。

——そんなことはわかっているさ。どうしてこんなところにいやがるんだ？

——おそらく迷子だろう。リュックと望遠鏡を持っているな。

——りゅっく？　ぼうえんきょう？

——君、ちょっとあの子の靴紐を、ちょんちょんとつついてくれないか。

——嫌だよ。人間になんか興味ない。

——私もだよ。でも、みつけてしまったから仕方がない。

——仕方がないってなんだよ？

——頼むよ。今回だけだ。あとで君の好きなものを食べさせてやる。

——好きなもの？　なんでもいいのか？

そのとき、猫が思い浮かべたのは、月に似た色の、小さな欠片だった。

猫はその黄色がかった白い欠片の名前を知らなかった。でも猫と意識を共有している野ノ尾にはわかった。

——チーズ？　君は、チーズが好きなのか？

——へぇ。チーズというのか。これは。

——私の頼みを聞いてくれたら、君にチーズをあげよう。

——どうしてお前に、そんなことができる？

——すぐにわかるさ。ほら、早く。

まったく、仕方がない。猫は少年に近づいて、少年の靴紐を爪で弾いた。

少年は視線を下ろした。

小さな声で「猫？」とつぶやく。

――ほら、これでいいのか？

――うん。よくやった。次は右を向いて、ゆっくり歩いて。

――走っちゃダメか？　さっさと離れたい。

――ダメだよ。ちょっと振り返って。小さな声でいい、鳴き声を上げて。

まったく、こんなことになんの意味があるんだ？

でもチーズのために、猫は指示通りに鳴き声を上げる。少年が立ち上がり、ゆっくりこちらに近づいてくる。

――よし、そのまま進んでくれ。

――まったく。本当にチーズをくれるんだろうな？

――ああ、任せておけ。好きなだけ食べさせてやる。

野ノ尾の誘導に従って、猫は進む。

少年がその後ろを、小走りについてくる。

猫は山を下り、やがて小さな社に出た。

不思議な場所だった。ひとりの人間が、目を閉じて月の光に照らされている。その周りを、何匹もの猫が取り囲んでいる。

――おいおい、なんだよ、ここは。

――あれが私だよ。

――お前？　人間だったのか？

――ああ。不本意ではあるけれど、人間に生まれたものは仕方がない。

――なんだよ、お前。訳がわからない。

しかしもう、返事はなかった。

猫に囲まれた人間が、月光に照らされて、ゆっくりと目を開く。

「私は、野ノ尾盛夏という」

と、彼女は言った。

野ノ尾は猫の前まで歩み寄り、しゃがみ込む。

「助かったよ。約束通り、君のためにチーズを用意しよう」

猫に人間の言葉はわからない。野ノ尾がなんと言っているのか、理解できなかった。

彼女は自分の頭を、ちょんちょんとつつく。

「明日にでも、また君の意識にお邪魔するよ」

彼女に向かって、人間の少年は言う。

「猫と、話をしているんですか？」

「まさか。猫に人の言葉がわかるはずないだろう」

彼女は真顔で答えた。

それから野ノ尾は立ち上がり、少年の前に立った。

「君、名前は？」

「日下部翔太、です」

「こんな時間になにをしている？」

「空がよく見える場所を、探してました」

「空？　そんなもの、どこからだってみえるだろう」

「でも、もっと近くで月をみたくて」

「へぇ」

野ノ尾は猫をみつめて、口元で微笑んだ。

「よかったな、仲間がいたぞ」

そういう風にして、野ノ尾盛夏と、日下部翔太と、名前のない白猫は出会った。

ふたりと一匹は、週に一度くらいの割合で、社で並んで月をみあげた。

およそ半年後、月に辿り着けないまま、名前のない白猫は死んだ。

＊

ケイはところどころで疑問を挟みながら、でも基本的には黙り込んで野ノ尾の話を聞いた。彼女の声は静かで、でも奥底に愛情があり、童話を読み聞かせているようでもあった。

「翔太はその猫のために、月の砂を採ってくるんだと言ったよ」

話し終えて、野ノ尾は息を吐き出した。

ケイは軽く頭を下げる。

「ありがとうございます。よくわかりました」

後方で春埼が、鞄(かばん)から水筒と紙コップを取り出した。紙コップに麦茶を注いで、野ノ尾に差し出す。

「飲みますか？」

「ありがとう。準備がいいな」

「クッキーもあります」

「まるでピクニックだ」

野ノ尾は面白そうに口元を歪(ゆが)める。なんとなく、彼女は春埼を気に入っている節がある。いつかふたりきりで会わせてみたいなとケイは思う。もしかしたら気が合うかもしれない。

春埼はケイにも、紙コップに注いだ麦茶を差し出した。礼を言って、ケイはその麦茶に口をつける。よく冷えていてとても美味(おい)しい。

野ノ尾は麦茶を飲み干した。

「私には翔太の考えが理解できないよ」

「それは、どの部分ですか？」

「あの白い猫のために、月の砂を採ってくる、というところだ。彼はもう半年も前に死んでいる。今さら月の砂があったところで、どうしようもない」

「白い猫のお墓はないんですか？」

「あるよ。翔太が作った。だが、それがどうしたというんだ」

「お墓に月の砂を供えるのでは？」

「意味がない。そこに埋まっているのは、ただの死体だ。死体が喜ぶことはない」

「どうでしょうね」

そう答えながら、ケイはまったく別の部分に疑問を持っていた。

月で死にたかった猫。その猫のために、月の砂を採ってこようとしている少年。繋がっているようにみえるけれど、でも違和感があった。

猫が求めたのは、あくまで月で死ぬことだ。月の砂は関係がない。能力で月にいけるようになったなら、猫の遺体を月に埋める方が自然な発想に思える。もちろんいつか、月面で猫の遺体がみつかったなんてことになれば、大問題だけれど。

「野ノ尾さんはその猫が好きだったんですよね？」

「猫は皆好きだよ。でも彼とは特別、気が合った。今でもまだ大好きだ」

「その話を、翔太くんにもしましたか？」

「昨日の夜、彼が消える直前にも、似たような話をしていたよ」

ケイは頷く。

日下部翔太が誰のために――なんのために行動しているのか、おおよそ理解できた。

「君は月に行く能力というものが、本当にあると思うか？」

野ノ尾の質問に、ケイは頷く。

「もちろん、絶対にないとは言い切れません」

咲良田の能力は千差万別だ。あらゆる能力が、存在する可能性はある。少なくとも今のところ、「そんなものはありえない」と言い切る根拠はない。

「だが能力は、咲良田だけで使えるものだろう？　月は咲良田に含まれない」

能力は咲良田の内側に留まる。誰にも外に持ち出すことはできない。これが咲良田の能力に関する前提であり、絶対的なルールだとされている。

しかしケイは首を振る。

「街の外に出ても、能力を失うわけではありません。あくまで能力の存在を忘れてしまうだけです」

存在を忘れた能力は、誰にも使えない。だから咲良田の外で能力が使用された例はない。おそらく、ないのだろう。

野ノ尾は顔をしかめた。

「余計に悪いな。翔太が月に行って、能力の使い方を忘れたらどうなる？」

生身の人間が、月面で生きられるはずもない。

「僕たちがもっとも怖れているのも、その可能性です。能力を使ったところで、安全に月と咲良田を行き来することは、とても難しいと思っています」

たとえば距離に制限のない瞬間移動のような能力があれば、月に行くこと自体は可能だろう。でもそれだけでは、月面で生きることなんてできない。もし月面で生きられるような能力だったとしても、その使い方を忘れていては意味がない。

能力を使って月に行くという発想は、危険だ。

だから翔太がみつからない限り、春埼の能力を使用することを前提にしてケイは行動している。リセットは擬似的に、セーブした時点まで時間を巻き戻す。

前回セーブしたのは、一昨日――七月二三日だった。昨夜、つまりは翔太が消えた七月二四日の夜よりも、前の時間に戻ることができる。

「管理局は、翔太の能力についてなにも知らないのか?」

「はい。彼は最近、なんらかの能力を手に入れたのだと思います」

管理局は、咲良田中の能力を管理する。

咲良田にある学校では、年に二回、能力の有無を調べる検査が行われる。健康診断や体力測定みたいなものだ。能力を持っていて、管理局の検査に引っ掛からないということはそうそうない。完全にゼロではないけれど、そこを疑っても意味はないだろう。

翔太の学校では、六月の半ばに検査を行っていた。その時点で、翔太は能力を持っていないと判断されている。彼が能力を手に入れたのは、それ以降だと考えていい。

野ノ尾は膝の上にいる猫の前で、指先を動かしていた。猫は真剣な表情で指先をみつめる。獲物かなにかだと思っているのだろうか。

「これまで、翔太くんとは待ち合わせをして会っていたんですか？」

「いや。ここに遅い時間までいると、たまに彼が現れる。約束はない」

「昨日会ったのも？」

「ああ、偶然だよ」

猫が野ノ尾の指先に向かって、前足を振る。

野ノ尾はすっと手を引き上げて、猫の前足は空を切る。

「その前に会ったのは？」

「いつだったかな。一週間ほど前だったと思う」

日下部翔太は三日前から昨夜まで、毎晩天体観測に出かけているという話を、彼の両親から聞いていた。

彼は野ノ尾に会いたかったのかもしれない。どうして？　きっと、能力を手に入れたから。

猫は狩りを諦めたのか、野ノ尾の膝の上で、丸くなって目を閉じた。

2

日が暮れるまではこの社から帰らない、と野ノ尾が言うので、ケイと春埼も彼女につき合うことに決めた。社から夜空を眺めても、日下部翔太がみつからないことはわかっていたけれど、せっかくの夏休みなのだ。たまには星をみるのもいい。

ケイと春埼は一度、山を下って神社を通り抜け、近場にあるコンビニでおにぎりとサンドウィッチを買った。それから社に戻り、野ノ尾と分け合ってそれを食べた。猫たちにおにぎりをあげると、彼らは石段のスペースを、ケイたちに譲ってくれた。サンドウィッチに噛み付いた野ノ尾は、「チーズが入っているな」とつぶやいた。

太陽が沈んだのは、午後七時を回ったころだった。その一時間も前から、東の空には白い月が浮かんでいた。

半月よりも少し脹らんだ月だ。辺りが暗くなると、月は太陽光を反射して、美しく輝き始める。これほど暑い季節でも、月の光は澄んでいて、どこか涼しげにみえる。

今、そこでひとりの少年が、月の砂を集めているのだろうか？　きっと月面は、とても寒い。

隣に座った春埼が言った。

「ケイは星座がわかりますか?」

社の周囲には、街灯も、光り輝く看板もない。限りなく黒に近い濃紺色の夜空に、いくつもの星が散らばっている。

ケイはそっと首を振る。

「理科のテストで問題が出たら、解ける自信はあるんだけどね」

空で身勝手に輝く星と、星座の図面が上手(うま)く結びつかない。夜空は嫌いじゃないけれど、今まで星座に興味を抱いたことはなかった。

ケイは空の一部分を指差す。

「僕にはそこに、オリオン座があるようにみえる」

でも、オリオン座は冬の星座だ。夏の早朝にもみえるらしいけれど、この時間の空にあるはずがない。

「君は星座を知っているの?」

「私もよくわかりません。たぶんあの辺りが、夏の大三角だと思います」

「じゃあそこに、はくちょう座があるね」

夏の大三角のひとつ、デネブ。はくちょう座の一等星で、地球から一八〇〇光年くらい離れている。とても明るくて、太陽の五万倍くらいのエネルギーを放出しているらしい。

そんな知識があったところで、どれがデネブだかわからない。きっとあれだろうというのはみつかるけれど、名前を呼んでも答えてくれるわけじゃない。それに地球からみあげると、ただ太陽光を反射しているだけの月の方が、デネブよりもずっと明るく輝いている。

夜空を見上げたまま、ケイは尋ねる。

「翔太くんとは、どんな話をしていたんですか？」

「月と星の話題ばかりだよ。それと、一匹の猫の話。考えてみれば、私は彼のことをほとんど知らない」

ゆったりとした口調で、野ノ尾は答える。

「学校での出来事なんかは？」

「知らないな。翔太は自分のことを、あまり話さない」

「野ノ尾さんに似ていますね」

「君も同じだよ。自分のことを話題にしないのは」

そう言ってから、彼女はくすりと笑った。

「似たような話を、翔太ともしたことがあったな。私はたぶん、あの少年のそういう部分が気に入っている」

「自分の話をしようとしないところが？」

「ああ」

「話し過ぎるのは嫌いですか？」

「好き嫌いじゃない。興味がないんだ。話をするとき、相手が今までなにをしてきて、どんな日常を送っているのかなんて、私には関係ない」

「たとえば相手が犯罪者でも、どこかの国の王様でも？」

「そう、関係ない。私がなにか話して、相手がなにか答える。重要なのは、そのやり取りだけだ」

　理解できなくはない。ある種の公平な視点だ、とケイは思う。

　嘘つきの言葉でも、正しいものは正しい。正直者の言葉でも、間違っているものは間違いだ。すべての言葉をひとつひとつ大切に扱えば、その前後に意味はない。でも。

「友人の言葉でも、恋人の言葉でも、まったくの他人の言葉でも、野ノ尾さんにとっては同じだということですか？」

　彼女は頷く。

「同じことを話していたなら、誰が言おうとそれは同じ言葉だよ。そう考えていた方が気楽でいい」

　とても共感できる。でも、それを口に出すのは、ひどい話だ。

　ケイは春埼の横顔に目を向ける。彼女は黙って、夜空を見上げている。

「野ノ尾さん。同じことを、翔太くんにも話したんですか？」

「ああ」

少し悩んだけれど、ケイは口を開く。

「その考え方はとてもフェアで、だから少しアンフェアです」

彼女は首を傾げもせずに言う。

「よくわからないな。矛盾している」

相手の背景を取り払った会話は、言葉に対して誠実だ。でも、目の前にいる相手に対して誠実なわけではない。会話に対してフェアだけど、人間関係に対してアンフェアに聞こえる。親密になる、ということのひとつの側面は、同じ行動や言葉の意味を変えるという意味なのだから。同じ言葉を口にしたとき、ほかの誰かよりも自分の声が深く相手に届いて欲しいということなのだから。

ケイは意地の悪い質問をする。

「翔太くんがいなくなっても、代わりに誰かが貴女(あなた)の隣で月と星について語れば、貴女にとっては同じことですか？」

日下部翔太が野ノ尾盛夏に対して、どんな感情を抱いているのかは知らない。でも彼は野ノ尾の前で姿を消して、引っ越し当日に野ノ尾に会うことを約束している。ただの知人よりは、もう少し強い思いを抱いている可能性が高い。

野ノ尾はわずかに、視線を下げる。

「違う。そういうことじゃない」

「ええ。わかります」

「私だって、誰かを特別だと思うことはある」

「とてもよく、わかります」

ケイは内心でため息をつく。明らかに、喋（しゃべ）りすぎだった。

日下部翔太と野ノ尾の関係に、ケイが口を挟む必要なんてない。それは日下部翔太の問題だ。横から奪い取っていい種類のものではない。

春埼が、夜空を指差す。

「たぶんあれが、ベガです」

彼女はずっと、夏の大三角を探していたのだろう。

でも彼女の指がどの星を指しているのか、ケイにはよくわからなかった。


午後八時三〇分まで、ケイたちは社の前で夜空を眺めて過ごした。

それから暗い山道を、月明かりを頼りに下る。どこか遠くから、蛙の鳴き声が聞こえた。山の下にみえる道路は、街灯と信号機でずいぶん明るい。

やがて山道は幅の狭い石段になり、神社の脇に辿（たど）り着く。さらに神社の石段を下ると道路に出る。

ケイは野ノ尾を家まで送り届けるつもりだったけれど、彼女はそれを断った。

「このくらいの時間になるのはいつものことだよ」

と、野ノ尾は言う。彼女の家はすぐ近くらしい。無理強いするようなことでもないだろうと判断して、ケイは神社の前で野ノ尾と別れた。

春埼と並び、夜道を歩く。ケイがひとりで歩くよりも、少しだけ歩幅が狭い。

彼女はまた夜空を見上げていた。

「月の砂とは、どういうものなのですか？」

「粒子の小さな砂だけど、物質としてはただの玄武岩だよ」

「ケイはそれを、綺麗だと思いますか？」

「どうかな。僕は、地球からみる月の方が綺麗だと思う」

「どうして日下部翔太は、月の砂を採りに行ったんでしょう？」

「わからない。でもきっと、他にはなにも思いつかなかったんじゃないかな」

つまりは、野ノ尾にふさわしい贈り物に、思い当たらなかったのではないか。

野ノ尾のことは、ケイにもよくわからない。

シュークリームを買っていけば喜ぶけれど、それよりも彼女の心に残るプレゼントとなると、ちょっと思いつかない。服にも装飾品にも興味があるようにはみえなかった。

野ノ尾が好きだと断言できるものは猫だけだ。でもプレゼントだと言って猫を差し出したなら、きっと彼女は気分を害するだろう。彼女と猫の関わり方は、そういう形のものではない。

「相手の気に入るプレゼントをみつけるのは、難しいね」

と、ケイは言った。

「ケイにもらった髪留めは、嬉しかったです」

と、春埼は答えた。

ちょうど一〇日前、ケイは春埼に、赤い髪留めをプレゼントした。

「あれは、ちょっと反則を使ったからね」

「反則というのは？」

「それは秘密。なんにせよ気に入ってもらえたならよかったよ」

言葉はなにかを伝えるためにあるけれど、なにもかもすべてを伝える必要はない。でもきっと、野ノ尾盛夏と日下部翔太の間には、少し会話が足りていないのだと思う。

「たとえば、君が誰かに、プレゼントをしたいと思ったとしよう」

「はい。ケイには髪留めのお返しをしようと思っています」

「ありがとう。でも、それは気にしなくていいよ」

軽く首を振って、ケイは続ける。

「ともかく誰かにプレゼントをしようとして、でも相手の好みがわからなかったとき、春埼ならどうする？」

「その相手になにが欲しいか尋ねます」

「とても建設的な考え方だけど、それがいつも最善だというわけじゃない」

「どうしてですか？」

「自分で選ぶべきプレゼントというのが、世の中にはあるんだと思うよ。そんなときは、相手の言葉や行動の端々から最適な物を推測するしかない」

春埼は、少しだけ首を傾げた。

「髪留めのお返しは、自分で考えるべきプレゼントですか？」

「あれは別に、そういうものじゃないけどね」

野ノ尾と翔太の話にならなくて、少し困る。でも春埼の話を遮るほどのことでもないから、ケイは聞き役に回る。

彼女は言った。

「髪留めのお返しなので、装飾品がいいかとも思ったのですが、ケイはあまり身に着けませんよね」

「うん。面倒だし、あまり似合うとも思えないからね」

「でも、たまに腕時計はつけています」

「必要なときだけだよ。大抵は、時間を知りたければ携帯電話をみる」

手首を返すだけで時間を知らなければならないほど切羽詰まった状況には、できるだけなりたくない。

「なら、本はどうでしょう？」

「自分で買って読むのが好きなんだ」

「そういえば、図書館にも行きませんね」

「図書館の雰囲気は、わりと好きなんだけどね。返却日が苦手だ」

できるだけスケジュールを増やしたくはない。基本的には、カレンダーは白紙に近ければ近いほど望ましい。

春埼は、こくんと頷(うなず)いた。

「理解しました」

「なにを?」

「プレゼントを選ぶのは、難しいです」

ケイと春埼は、並んで夜道を歩く。

月は東の空から、ゆっくり南へと移動していた。

日下部翔太は、本当にあそこに行ったのだろうか?

はっきりしているのは、昨夜ひとりの少年が消えたことだけだ。

*

翌日――七月二六日になっても、日下部翔太は帰ってこなかった。

午前一一時三〇分、ケイは春埼に会った。

小さな公園のベンチに、ふたり並んで座っていた。

正面には大きな時計があるけれど、その時計はきっちり五分だけ遅れている。いつみても五分遅れているのだ。それ以上でもそれ以下でもない。どうして誰も、あれを直そうとしないのだろう？　あの五分間にはなにか、明確な意図があるのだろうか？　わからないけれど、公園の時計まで時間通りでなくてもいいじゃないかというメッセージなのかもしれない。

公園にはケイと春埼の他には、誰もいなかった。砂場にも、ブランコにも、すべり台にも。子供のいない遊具はなんだか偽物じみている。遊具を模したオブジェみたいにみえる。

セミの声だけが、騒々しかった。耳をすませばどこか遠くから、テレビの音が聞こえるけれど、それはあまりに小さな音で、なんと言っているのか聞き取れない。

前回セーブしたのは、七月二三日の正午ごろだ。そのときもふたりはこの公園の、同じベンチに座っていた。あれからそろそろ七二時間が経過する。七二時間で、セーブの効果は切れる。

携帯電話の時刻表示をみつめる。ちょうど今、午前一一時四五分になった。公園の、きっちり五分遅れた時計は、一一時四〇分を指しているだろう。

「時間だね」

と、ケイは言う。

春埼美空の能力は、リセットと呼ばれる。

彼女の意思ひとつで、世界中のおよそすべてと言っていい事柄がセーブした時点に立ち戻る。擬似的にではあるけれど、最大で三日ぶん、彼女は時間を巻き戻す。とても強力で身勝手な能力だ。

そのスイッチを押すのは、ケイの役割だった。

「春埼」

彼女に能力を使うよう指示を出すことを、躊躇わなかったことはない。どれほど躊躇ったとしても、指示を出さなかったこともない。

青い空の下で、傍目には平然と、彼はその言葉を口にする。

「リセットだ」

それは、世界を壊すための言葉だ。一度壊して、やり直すための言葉だ。

連続して聞こえるセミの声が、ほんのわずかな時間、途切れたような気がした。

3

きっちり五分遅れた時計は、一一時四五分の少しだけ手前を指していた。

辺りからはセミの声を掻き消すような、子供たちの騒ぎ声が聞こえる。男の子と女の子が、並んでブランコを揺らしている。別の男の子たちは、黄色いボールを投げ合って遊んでいる。ドッジボールに似ているけれど、コートはない。

浅井ケイと春埼美空は、小さな公園のベンチに座っていた。

「七月二三日、一一時四八分、四六秒です」

と、春埼が言った。彼女は時報を聞くために、携帯電話を耳に当てている。

ケイはほんの五分ほど前の出来事を思い出す。

七月二三日、日曜日。午前一一時四八分四六秒の五分前。それは、本来なら三日後に訪れるはずの——七月二六日の記憶だった。

つい先ほどまで、この世界は、七月二六日だった。ケイと春埼は、今と同じこのベンチに座っていたけれど、公園に子供たちはいなかった。

「どうやら、リセットしたみたいだね」

と、ケイは言う。

ケイはなにもかもを確実に思い出す能力を持っている。リセットの効果で消え去った三日間が、頭の中だけに戻ってくる。

「リセット前、僕たちは日下部翔太という少年について調べていた」

明日、七月二四日の夜に、ひとりの少年が消える。彼は「月の砂を採ってくるよ」と言い残していく。その目の前には、野ノ尾盛夏がいる。

彼がどんな能力を持っているのかはわからない。管理局だって、把握していない。

少年が消えた翌日、二五日にケイと春埼は奉仕クラブの仕事として、彼に関する調査を命じられる。少年の安否を確認することが、とりあえずの目的だ。

二六日まで待ってみたけれど、少年は帰ってこなかったから、リセットした。

ケイはこれから三日後までの出来事をすべて説明してから、尋ねた。

「なにか疑問点は？」

黄色いボールがトントンと転がり、子供たちがそれを追いかける。

「いえ、特にありません」

と、春埼は答えた。

「じゃあ明日、翔太くんに会いにいこう」

「明日ですか？」

「うん。今日は翔太くんとも、野ノ尾さんとも連絡を取らない」

日下部翔太が消えるのは、明日の夜の予定だ。

でもケイたちが行動を起こせば、彼がその予定を早める危険性があった。

リセットから二四時間が経過すれば、またセーブできる。今すぐ慌てて行動する必要はない。明日の昼間にセーブしてから、ゆっくりと動き出せばいい。

「では、今日はなにもしないんですね？」

「そうだね。今夜は、月をみるくらいしか予定がない」

小さな子供が精一杯投げたボールは、別の子供の頭上を越えて、公園の隅へと転がっていった。

＊

その夜、午後七時三〇分ごろのことだ。

日下部翔太は小さなリュックを背負い、望遠鏡を担いで、花見崎神社の脇にある幅の狭い石段を上っていた。それは存在を知らなければ簡単に見落としてしまいそうな、ひっそりとした石段だった。

空の低い位置には、円を半分にわけた形の月があった。月の光を頼りに、一歩ずつ足元に注意を払いながら、翔太は暗い階段を上る。

一年前の夏の夜にも、日下部翔太は山に上った。

同じリュックを背負い、同じ望遠鏡を担いでいた。でも辿った道は違う。あのときはまだ、翔太は神社の階段を知らなかった。

目的は天体観測だ。父親から望遠鏡をもらったばかりで、それをいちばんよく星がみえる場所で使いたくて、家を抜け出して街の明かりに背を向けて進んだ。

少しでも暗くて、少しでも高い場所を求めていた。夢中で山の中を歩き回り、気がつけば道に迷っていた。

長い時間、望遠鏡を担いでいた腕は痛く、疲れ果てて次の一歩を踏み出すこともうできなかった。翔太は一本の木の下に座り込んだ。

時間が経つほどに不安が増した。大げさではなく、このまま死んでしまうのだと思った。翔太は黒い影に塗りつぶされた木々の間から夜空を見上げて、声を出さずに泣いていた。

そのときだった。足元に、違和感を覚えた。

見ると一匹の猫が、靴紐（くつひも）をつついていた。

不思議な猫だと、翔太は思った。小柄で、痩（や）せ細り、でも白い毛並みは月光を受けて輝いていた。深い黄色の瞳（ひとみ）は、角度によっては金色にみえて、まるでふたつの月が並んでいるようだった。

猫は悠然と向きを変えて、歩き出した。

翔太は最初、戸惑っていた。猫はどうやら野良のようだ。首輪はないし、飼い猫としては痩せ過ぎている。

——この猫に、ついていくべきなのだろうか？

しかし野良猫が自分を救おうとするとは、どうしても思えなかった。

翔太が迷っていると、白い猫はふいに足を止めて、振り返った。

そしてさもどうでもいいという風に、にゃあ、と一度だけ鳴いた。人を馬鹿にしたような鳴き声だった。

いつまでもここにいるわけにはいかないのだ。ともかく、この猫について行ってみよう、と翔太は決めた。

白い猫は道のない山の中を淡々と進む。

翔太は必死に、その猫を追いかける。

ずいぶん長い間、猫について山の中を歩き回ったような気がする。でも実際は、一〇分程度のことだったのではないかと、今となっては思う。

猫を追いかけて進むと、やがて視界が開けた。

気がつけば翔太は、小さな社の前にいた。

異世界に迷い込んだのではないかと、半ば本気で思った。目の前の景色が、あまりに現実離れしてみえたから。それほど幻想的な風景だった。

社の周囲には無数の猫がいた。そしてその猫たちに囲まれて、社にたった三段だけある階段に、ひとりの女性が腰を下ろしていた。

まっ白な肌と、黒くまっすぐな髪を持つ女性だ。彼女はもの静かな表情で、眠るように目を閉じていた。白い肌を月光が照らし、淡く輝く。それは月光と同じ、冷たさを感じる光だった。

――この女の人は、いったい何者なんだろう?

彼女が人間なのか、翔太には確信が持てなかった。月の精霊だと言われても、猫たちの神さまだと言われても、素直に信じられるような気がした。

ふいに、その女性は目を開く。

夜空よりも深い黒色の美しい瞳が、こちらを向く。

息が詰まった。目が離せなかった。心臓が大きな音を立てて跳ねた。

それはきっと、一目ぼれだった。これまで経験のないことなのに、迷いもせずに自覚していた。彼女が目を開いたとき、少年は生まれて初めて、恋に落ちた。

彼女はまったく人間味のない無表情で、

「私は、野ノ尾盛夏という」

と、静かに名乗った。


神社の脇からひっそりと続く、この幅の狭い階段は、彼女に出会った夜の帰りに教えられたものだ。あの日から変わらず、翔太と彼女を繋ぐ唯一の道だ。

それから一年間、翔太は何度もこの道を通った。夜空をみるのも好きだが、それ以上に、あの美しい女性に会いたかった。

でも、それも、もうすぐ終わる。

翔太は四日後の朝、この街を離れる。

できれば彼女には、そのことを悲しんで欲しかった。だがそれがずいぶんな高望みだということもわかっている。翔太がいなくなったところで、彼女はなにも変わらないだろう。今とまったく同じ表情で、まったく同じ毎日を過ごすのだろう。野ノ尾盛夏というのは、そういう人なのだ、と思う。

やがて階段が途切れ、山道に繋がる。翔太は足早に山道を進む。

あの、白い猫がうらやましかった。月を目指し、半年前に死んだ猫。翔太と彼女を引き合わせた、一匹の野良猫だ。

野ノ尾は今でも、あの猫について語るとき、少しだけ微笑む。もう死んでしまったとしても、名のない白猫はあの表情を手に入れたのだ。きっと永遠に手に入れたままなのだ。本心では翔太も、同じものが欲しかった。

どうすればあれが、手に入るのだろう？　どうすれば一匹の猫と同じように、あの綺麗な人に気に入られることができるのだろう？　考え込んで、翔太はまったくと言っていいほど、あの人のことを知らないのだと気づいた。彼女は自分のことを語らない。彼女の趣味も、好みも知らない。

思い浮かんだものは、猫だけだった。やっぱりあの、白い猫だった。

なら、あの猫の望みを叶えればどうだろう？

なにか、あの白い猫のためになるものを――なんでもいい、とにかく月に関するものを、プレゼントすることができたなら。たとえばそれは月の砂を、彼女に渡すことができたなら、あの猫の次くらいには気に入ってもらえるだろうか？

ほんのひと月ほど前、つまりは翔太の引っ越しが決まった日、彼が考えたのはそんなことだった。その少し後で、翔太はひとつの能力を手に入れた。

だがその能力は、とても弱々しいものだった。本来なら月の砂を手に入れることなんて、決して叶わない能力だ。

やがて山道の向こうに、小さな社がみえてくる。

しかしそこに、野ノ尾の姿はなかった。

野ノ尾がいなければ、猫もいない。ただ古い社があるだけだ。

翔太は社の階段に腰を下ろし、辺りを見回す。三〇分ほど待ってみたけれど、やはり野ノ尾は現れなかった。

今日も外れだ、と少年は思う。

引っ越しまで、あと四日。夜──月の出ている時間に、この場所で野ノ尾盛夏に出会うことはできるのだろうか。

＊

浅井ケイは、木々の陰の、夜の闇が一層濃いところから少年の姿を眺めていた。

彼のその、悲しそうな表情をじっとみていた。

だから少年が、一度も望遠鏡を覗き込まず、夜空を見上げることもないまま社から引き返したことにも気がついた。

そして、彼の目的は遥か上空にある天体ではないのだと理解した。

4

翌日──七月二四日、月曜日。

ケイは正午になる少し前に春埼に会い、セーブしてから行動を開始した。

日下部翔太の自宅に電話を掛けて、野ノ尾盛夏の知人だと名乗り、彼を近所の公園に呼び出す。春埼には野ノ尾に会って、事情を説明するように頼んだ。

ケイはひとりで、公園に向かう。

日下部翔太は背が低く、痩せていて、色素の薄い少年だ。肌も髪も瞳の色も、どこか淡い。まっ白な肌を持つ野ノ尾と並ぶと姉弟のようにみえるかもしれない。

ケイは、軽く微笑んで名乗る。

「わざわざすみません。浅井ケイといいます」

翔太は少し緊張した様子で口を開いた。

「なんの用、ですか？」

「僕の仕事は、貴方（あなた）が持っている能力について調査することです。奉仕クラブの部員として、管理局から依頼を受けています」

翔太が息を呑んだのがわかった。

彼の目が大きく開いて、動揺で瞳が揺れる。

ケイはゆっくりとした口調で説明する。春埼美空のリセットによって消えてしまった三日間について。

「貴方は今夜の午後八時ごろ、野ノ尾さんの前で消える予定です。月の砂を採ってくるよ、と言い残して」

翔太は少しうつむき、唇を嚙む。

「僕は、貴方の邪魔をしたいわけじゃないんです。ただ貴方が持つ能力というのがどういうものなのか、知りたいだけです。危険がないのか確認するために」

少年は視線を上げる。

睨みつけるような目つきで答えた。

「僕が持っているのは、月に行く能力です」

「実際に、その能力を使ってみたことがありますか？」

「あります。僕は、月に行きました。なにも、問題ありません」

「月に行って、帰ってくるのに、どれくらい時間が掛かりましたか？」

「二日と、半日くらい、です」

二日半、か。

「つまり、今夜能力を使って月に行けば、帰ってくるのは二七日の午前中になるんですね？」

「はい。そうです」

七月二七日。それは翔太が、咲良田を出る予定の日だ。

ケイはゆっくりと言った。

「それは、嘘ですね」

翔太は首を振る。

「嘘じゃない」

「でも貴方は今まで、二日以上もの時間、家に帰らなかったことなんてありません」

リセットの前に、彼の両親に確認していた。

もしも彼が過去にも能力を使って、二日以上かけて咲良田と月を往復していたなら、小学生がそんなにも長いあいだ行方不明になっていたなら、両親が把握していないはずがない。

翔太は首を振る。

「違う。たぶんもう、ずっと前のことだから、母さんは覚えてないんだ」

それも嘘だ。

「貴方の学校では、六月に能力の有無を調べる検査が行われています。それよりも前から貴方が能力を持っていたとは、ちょっと考えづらい」

ケイは、内心でため息をついた。

——いったい、僕は何をしているんだろう？　小学四年生を問い詰めても、仕方がないじゃないか。もう少し平和的なやり方があるはずだ。

「お願いします、翔太くん。貴方が持っている、本当の能力を教えてください」

翔太は長い間、うつむいて沈黙していた。

それから、ふいに、

「月の砂がいるんだ」

と、そう言って。

翔太はこちらに背を向けて、駆け出した。

「待って」

ケイは反射的に手を伸ばす。指先が、翔太のTシャツの袖に引っかかる。

彼は驚いた様子でこちらを見た。——その直後。

目の前で、彼の姿が、消えた。

ケイの指先に、Tシャツの感触だけを残して。

月もない夏の青空の下で、ひとりの少年が、消えた。

＊

そのとき、春埼美空は小さな社の前にいた。

ケイに頼まれて、リセットの前に起こった出来事を野ノ尾に伝えに来たのだ。

リセットで消えた三日ぶんの出来事について、春埼はもう話し終えていた。用はないけれど、でも後からケイもここにくるというので、それまでは猫を眺めて過ごすことに決めた。

春埼は、世の中のなにもかもが面倒だといった風な、ふてぶてしい顔つきの猫が気に入っていた。その猫の前にしゃがみ込んで、鼻先で人差し指をくるくると回してみたけれど、猫は気にもとめずにあくびした。

「君は興味深いな」

と、野ノ尾が言う。

春埼は、彼女の方を向く。

野ノ尾は石段に座り込み、膝(ひざ)の上で頬杖(ほおづえ)をついていた。

「君、誰が相手でもそんな風なのか？」

「そんな風というのは？」

「一言でいえば、無関心だな。なんの興味もなさそうだ」

おもしろそうに笑って、野ノ尾はそう言った。

春埼は少し首を傾げる。たしかに野ノ尾に興味はないけれど、そのまま口に出しても彼女の気分を害さないだろうか。わからないから、黙っていることにする。

野ノ尾は言った。

「ほら、今、その猫が指先に無反応でも、君はなんとも思わなかっただろう？」

春埼は頷く。

「初めから、なにかを期待していたわけではありません」

「彼とじゃれ合いたかったのではないのか？」

彼、というのはこの猫のことだろうか。オスなのかメスなのかも春埼は知らない。

「そうかもしれません。でも、猫には猫の都合があります」

「そうだな。私もそう思う。でもその思考は、少し特殊で興味深い」

「貴女と同じ考えなのに、ですか？」

「違うよ。私の場合は、猫と人の間に境界がないのだと思う。猫を尊重するから、相手の都合も考える」

「私もです」

「君のはただの、無関心だろう。猫がそれほど好きなようにはみえない」

「私は猫グッズのコレクターです」

「へぇ、意外だな。猫が好きなのか？」

ない、くらいだ。


「実は、それほどでもありません」

嫌いではないけれど、特別に好きなわけでもない。強いていうならやや好きかもしれ

「どうして猫グッズを集めているんだ？」

「なんとなくです」

「なんとなくか」

「はい」

理由はあるのだけれど、他人に語って聞かせるようなものではない。

野ノ尾の脇にいた猫が、彼女のブラウスに爪を立てる。どうやら野ノ尾の体に上りたがっているようだ。彼女は優しい目つきで、その猫を眺めていた。

春埼は言う。

「今回のことは、少し例外的です」

「今回のこと、というのは？」

「リセットした時間に起こった出来事を、ケイではなく私が説明したことです」

春埼自身も、リセットすると記憶を失う。つまり春埼が語る言葉は、すべてケイから聞いた情報だ。

情報の伝達は、直接的なほどその精度が増す。間に余計な人が入るべきではない。伝言ゲームなんてものが成立するほどに、他者を経た情報は歪になる。ケイは基本的に、

情報が歪む事を好まない。

「どうして浅井は、君に伝言を頼んだんだろう？」

「わかりません。でも、情報の確実性よりも優先すべきことがあったのだと思います」

「それは？」

「たとえば、速度です。ケイは今、日下部翔太に会いに行っています」

「それほど慌てて、伝えなければいけないようなことか？」

「早く伝えれば、それだけ長い時間、貴女が日下部翔太のことを考えられます」

野ノ尾の体に上ろうとしていた猫は、肩に前足をかけた辺りで、進むことも戻ることもできなくなったようだった。か細い声で、不安げに鳴いた。

野ノ尾は優しい手つきでその猫を抱き上げて、安定して肩に乗れる位置に移動させた。猫はあくなき挑戦心をみせ、さらに野ノ尾の頭上を睨んでいる。別の猫が、彼女の膝の上で丸くなる。そのうち大きな猫の塊が出来上がるかもしれない。

「私には、翔太がなにを考えているのかわからないよ」

「そうですか」

「君にはわかるか？」

「わかりません」

「浅井には、わかると思うか？」

春埼はこくりと頷いて、それから思い当たった。

「それが、ケイではなく私が事情を話しに来た理由なのかもしれません」

「どういう意味だ？」

「答えを知っている人がいたら、正解を聞きたくなるのではないですか？」

野ノ尾は、少し驚いた風にまぶたを上げた。

「つまりは自分で考えろということか」

「その可能性もあります」

ふふ、と野ノ尾は笑う。

「君はただ無関心なだけではないんだな」

「いえ。私は基本的に、ただ無関心なだけです」

春埼はそう答えて、再びふてぶてしい猫の前で指を振った。

＊

浅井ケイが社についたとき、野ノ尾盛夏は頭の上に猫を載せていて、春埼美空の右腕には別の猫が絡みついていた。

「楽しそうですね」

と、ケイは言う。

「うらやましいか？」

　と、野ノ尾は応(こた)えた。

　彼女が少し頭を下げると、載っていた猫が飛び降りる。春埼は猫を引き剝(は)がし、ケイの隣にやってくる。

　ケイは右手に提げていた紙製の箱を開いた。中は三月堂という洋菓子店のシュークリームだ。

　夏の、午後三時三〇分だった。目が痛いくらいに青い空の下で、三人はシュークリームを食べた。少し固めに焼いた生地の中に、甘さを抑えたカスタードクリームがたっぷり入っているシュークリームだった。

「美味(うま)いな」

　と、野ノ尾は言う。

「美味(おい)しいですね」

　と、ケイは答える。

　春埼は黙って頷いた。

　シュークリームを食べ終えてから、ケイは言った。

「翔太くんの話を、聞きましたか?」

　野ノ尾は、指先についたクリームを舐(な)めとりながら頷いた。

「ああ、聞いた」

「野ノ尾さん。貴女の好きなようにしてください」

「好きなように、とは？」

「すべて忘れたいなら、もう一度、リセットします。翔太くんの好きにさせるなら、僕はこれ以上、なにもしません」

「いいのか？　奉仕クラブの仕事だろう？」

「それはもう、だいたい終わっています」

「終わった？」

「はい。彼の能力はわかったし、危険なものではありません」

ケイは、日下部翔太の能力について説明した。

野ノ尾はしばらく、無言だった。彼女の膝の上で丸まった猫が、大きく口を開けてあくびした。

彼女はやがて、ふてくされたような声で、

「まったく、人間は面倒だ」

と、呟いた。

ケイはくすりと笑う。

「ひどい言葉ですね」

「ああ。でも、自分で言うぶんにはいいだろう？　私も人間に含まれる」

「貴女は面倒なんですか？」

「どうしたところで、猫ほどシンプルには生きられないさ」

それはよかった。

「実は僕、猫よりも人間の方が好きなんです」

「私は猫の方が好きだ」

「でも、人間だって嫌いじゃないでしょう？」

「どうかな。とはいえ中には、愛着があるのもいる」

真顔で彼女は、そう言った。

＊

雲の少ない夜だった。

湿り気を帯びた夏の空気の中で、野ノ尾盛夏と日下部翔太は、小さな社の石段に腰を下ろして、夜空を見上げていた。夜空には月があった。半月よりも少し脹(ふく)らんだ、もう数日で満月に至る月だった。

ふたりは半年前に死んだ、一匹の猫の話をしていた。小さく痩(や)せた野良猫で、白い毛と黄色い瞳(ひとみ)を持っていて、死ぬまで月を目指し続けた猫だった。

日下部翔太は立ち上がり、まっすぐ野ノ尾に向き直る。彼の頭上に、白く寡黙で美しい月がある。

少年は微笑んだ。

「ねぇ。僕、月に行けるようになったんだ」

この出来事の始まりがどこだったのか、野ノ尾にはよくわからない。翔太がこの街を離れることが決まったときなのかもしれないし、あの猫が死んだ日なのかもしれない。あるいはふたりが、初めて出会った夜なのかもしれない。

でも、ともかく雲の少ない夏の夜に、翔太は言った。

「月の砂を採ってくるよ。あの猫にあげるんだ」

彼はまっすぐに、月を見上げた。

そのまま月光と、夏の空気に溶け込むように、音もなく姿を消した。まるで本当に、月に向かって旅立ったように。後に残ったのは、ただ、月の光だけだった。

野ノ尾盛夏は目を閉じる。

かすかに草の匂いがした。夏草の、しっとりとした香りだ。どこか遠くから、虫と、蛙が鳴く声が聞こえる。とても静かな夜だから、些細(ささい)な音もよく聞こえる。

野ノ尾盛夏は、日下部翔太のことを考える。

昼間からずっと、彼のことを考えていた。

彼がどうして、月の砂を採りに行くのか。

そこにはどんな意味があるのか。

どうして、彼は消えてしまわなければならなかったのか。

考えて、考えて、その結果を一言で表現するなら、わからなかった。

今になっても、わからないままだ。でも、彼に伝えるべき言葉は、なんとなく理解できた。

ゆっくりと、まぶたを持ち上げて、

「翔太」

と、野ノ尾は言った。

「私はどうすべきなのか、ずいぶん考えたんだ。初めは君が満足するのなら、月の砂を笑って受け取ろうかと思った。あの猫も喜ぶよと言ってやろうかと思った」

音もなく差す月光に向かって、彼女は語る。

「でも、そういうことではない気がするんだ。よくはわからないけれど、なんだか違う気がしたんだ」

静かな夜、月明かりの中で、彼女の言葉だけが響く。

「君がなにを望んでいるのか、私にはわからない。本当にわからない」

これはきっと、ひどい言葉なのだと思う。

でも、ほかにはどうしようもないのだという気もする。

「月の砂なんて、いらないよ。私はそんなもの求めていない。私が君を理解していないように、君だってきっと、私を理解していない」

これは伝えるべき言葉なのだから、仕方がないのだという気がする。

「理解できないままでいることは、なんだか嫌なんだ。きっと私は人間だから、猫のようにシンプルに割り切ることはできないんだ」

目の前で彼が消えたとき、少しだけ、悲しかった。

月の綺麗な夜に、ひとりで語り続けることは、とても悲しかった。

「私はきっと、もう少し君のことを、知りたいんだよ」

できるなら、返事が欲しかった。

「帰って来い、翔太」

生温い風が吹いた。

「君がいなくなると、少し寂しい」

と、野ノ尾盛夏は言った。

彼女の声が響いて、その余韻が消える。

それから、月の下に、ひとりの少年が現れる。

彼は静かに涙を流していた。

野ノ尾盛夏は立ち上がり、まっすぐ日下部翔太に歩み寄る。

少女は少年の目の前で足を止めて、笑う。

「おかえり」

それから、少年の頬に手を当てて、ささやく。

「震えているぞ。月は寒かったか？」

少年は目を閉じる。

「月になんて、行ってない」

首を振って、そう答えた。

＊

七月二八日、金曜日。

午前一一時三〇分、浅井ケイと春埼美空は、公園のベンチに並んで座っていた。五分だけ遅れた時計のある公園だった。誰にも話したことがないけれど、ケイはこの時計が気に入っていた。

セーブの効果は、七二時間しか持たない。だからケイたちは、七二時間ごとに、こうして顔を合わせてセーブすることにしている。あと二〇分ほどで、前回——七月二五日にセーブしてから、七二時間が経過する。

公園に、人は少ない。

少年がふたりきり、砂場に座り込んでいる。それだけだ。彼らの間にゆっくりと出来上がっていく砂山を、ケイは眺めていた。

「そういえば」

と、春埼は言った。

ケイが視線を向けると、彼女は続けた。

「日下部翔太のことについて、いくつかわからないことがあります」

あの少年に関する出来事にケイたちが関わったのは、もう三日も前のことだ。

たぶん春埼にとっては、あまり興味のある出来事ではなかったのだろう。でも時間潰しに話題に出す程度には、興味があった。

「なにかな？」

と、ケイは尋ねる。

「日下部翔太の能力は、結局、月に行く能力ではなかったんですよね？」

「うん。単純に、姿を消すだけの能力だね」

でも、ただ姿を消す能力も、月まで瞬間的に移動する能力も、傍からみるだけでは違いがわからない。

「では、月の砂を採ってくるというのは、嘘だったんですね？」

「そうなるね。ま、月の砂が本物か偽物かなんて、きっと些細な問題だよ」

ひとりの少年が、ひとりの少女のために、精一杯のプレゼントを用意しようとした。

それが全部だ。

春埼は軽く首を傾げる。

「月に行ったと偽るだけなら、すぐに戻ってきてもよかったのではないですか？」

彼は二日半ものあいだ、姿を消すつもりだった。

「彼は月の夜、野ノ尾さんの前で姿を消したかった。きっとその方が、説得力が増すと思ったんだね。そして彼女に会ったのが、偶然七月二四日だった。そしてそれから引っ越しの当日まで、彼には誰にもみつかってはいけない事情があった」

「どんな事情ですか？」

「本当の能力が、ばれてしまうといけない。月に行くというのが嘘だとわかる。つまり彼は、管理局から隠れていた」

みんな、たったひとつの、まるで無意味なような拙い嘘を成立させるためだけに計画された。

「どうしてケイには、彼の能力がただ姿を消すものだとわかったんですか？」

「それは、馬鹿馬鹿しいくらいに単純な話なんだけどね」

単純過ぎてあまり話したくなかったけれど、隠すようなことでもない。

「翔太くんが僕の目の前で姿を消したとき、僕は彼のＴシャツをつかんでいたんだ」

「はい」

「彼の姿が消えても、僕の指先にはＴシャツをつかんでいる感触が残ってた」

そんなこと、月に行く能力では起こらない。みえなくなってもそこに彼がいるのだとわかった。

「理解しました」

春埼はこくんと、頷いた。

ケイは携帯電話の、時刻表示を確認する。再びセーブできる時間まで、あと一〇分ほどになっていた。

携帯電話をポケットに戻そうとしたときに、着信を告げる電子音が鳴った。

電話だ。画面に野ノ尾の名前が表示されている。通話ボタンを押すと、彼女の声が聞こえた。

「なにか食べたいものはあるか？」

唐突な話だ。

ケイは素直に答える。

「今は、アイスクリームが食べたいです」

公園のベンチに座っているだけでも汗がにじみ出るくらいに、暑い日だったのだ。

「よし、買ってやろう。ハーゲンダッツでもいいぞ」

驚いた。凄(すご)い違和感だ。こんなにハーゲンダッツという言葉が似合わない女子高生がいるとは思わなかった。

彼女は続ける。

「春埼にも、食べたいものを聞いておいてくれ」

「ちょうど今、隣にいますが――」

ケイは春埼に視線を向ける。

彼女は特別に表情もなく、こちらをみていた。少しだけ不機嫌そうにもみえる。

電話に向かって、ケイは尋ねる。

「どうしたんです、いったい？」

「翔太のことだよ」

「昨日、引っ越しでしたね」

「ああ。でもそれは、まったく関係ない」

相変わらず、ひどい言葉だ。

「迷子の道案内に協力してもらったら、好きなものを食べさせることにしているんだ。前回はチーズだった」

そう言って、野ノ尾盛夏はくすりと笑った。

「月の砂を採りに行った少年の話」了

ある日の春埼さん〜友達作り編

どちらかというと、猫は好きだ。

限りなく「好きでも嫌いでもない」に近いけれど、突き詰めて考えれば、多少なりとも好きに傾く。世界中から猫がいなくなってしまえば、やはり悲しい。とはいえ当然、猫のためならどんな苦労でもできる、というほどではない。

　春埼美空が足元にすりよってきた猫に、なんとなく手を伸ばしたのは、もう五分ほど前のことだ。猫はするすると春埼の腕を上り、肩の辺りに到達した。さらに首の後ろに回り込もうとして、そこで足をすべらせたらしい。薄いブラウス越しに猫が爪を立てたとき、春埼が咄嗟に取った行動は、前かがみになることだった。地面に対して背中が平行になるようにすれば、猫がすべり落ちずに済むと思ったのだ。

　その企みは成功し、猫は春埼の背中にへばりついて、それからとくに動きがない。不安定な体勢で長時間、背中に猫を載せているのは、なかなか苦しい。

　猫は春埼の背中が気に入ったのだろうか。それともあちら側も身動きがとれなくて困っているのだろうか。なんにせよ「降りてください」と言ってみても、猫はにゃあとさえ答えない。

　窮屈な姿勢で長時間いるせいだろう、腹筋の辺りが痛かった。なんだか少し胸も苦しい。思い切って立ち上がってみようか、と悩んでいると、声が聞こえた。

「なにをしているんだ、君は」

春埼は体勢を崩さないよう、そっと声がした方に首を向ける。

山の中にある小さな社の、ほんの数段だけある石段に、ひとりの女の子が座っている。とても白い肌と、長い黒髪を持つ少女だ。夏休み中だというのに、なぜだか高校の制服を着ている。野ノ尾盛夏というのが、彼女の名前だった。

「貴女に会いに来ました」

と、春埼は答えた。体勢のせいで、声を出すのも苦しい。

野ノ尾は春埼の背中にいる猫に視線を向ける。

「それで、どうしてそんなことになっているんだ？」

「貴女が寝ている間に、色々あったのです」

春埼が山の中の社に訪れたとき、野ノ尾盛夏は眠っていた。膝の上に猫──春埼の背中にいるのとは別の、小さな猫──を載せて。暑さで寝苦しかったのだろう、少しだけ眉間に皺を寄せて眠っていた。

彼女が目を覚ますまで時間を潰そうと、猫に手を伸ばしたら、こんな事態になったのだ。

「そうか。大変だな」

頷いた野ノ尾は、優しい声で、「おいで」と言った。

たったそれだけのことで、春埼の背中にいた猫は地面に向かって跳び降りた。跳ぶ直前、爪が春埼の肌に食い込み、少し痛い。

たったと弾むような歩調で野ノ尾に近づく猫を眺めながら、春埼は立ち上がる。軽く伸びをすると、背骨の辺りが小さな音を立てた。

野ノ尾は近づいてきた猫を迎え入れて、その背中の曲線をなぞるようになでる。

「それで、なんの用だ？」

猫の後を追うように、春埼も野ノ尾に近づきながら、答える。

「友達になりに来ました」

再び春埼に視線を戻した野ノ尾は、猫の背中をなでる手を止めて、ほんの少しだけ首を傾げた。

――君ももう少し友達を作った方がいいよ？

と、浅井ケイが言ったのは、三日前のことだった。

春埼は「ちなみに、おすすめは？」と尋ねて、彼は「野ノ尾さんかな」と答えた。だから今日、八月一一日に、春埼はこの社までやってきたのだ。

そう説明すると、野ノ尾は頷いた。

「なるほど。事情はわかった」

「ですから、友達になってもらえませんか？」

「ああ、いいよ」

とてもスピーディーに目的を達成してしまった。なんとなく友達を作るというのは手間のかかるものだと思っていたのだけれど、こんなに簡単なことだったのか。

「ま、座れ」

と野ノ尾が言うので、春埼は彼女の隣に腰を下ろした。社の前にあるほんの短い石段だ。ちょうどその上に、脇から木の枝がせり出して、日よけになっている。

風が吹いて、葉の影が揺れる。木漏れ日と共に、囁くように。

野ノ尾は猫に視線を向けて、言った。

「ところで君は、友達というのを、どんなものだと思っているんだ？」

「一緒に勉強をしたり、遊んだりする人のようです。立場が対等であることと、それなりに同じ時間を過ごすことがポイントのようです」

ここに来る前に、辞書で友達という言葉を調べてきたのだ。たぶん間違っていないはずだ。

野ノ尾は小さな声で笑う。

「勉強は嫌だな。面倒だ」

「ではなにかをして遊びますか？」

「悪くはないが、私はただ座って、話をしている方が好きだ」

春埼はこくんと頷く。別に、なんだっていい。

「なについて話しますか？」

「君はなんの話をしたい？」

「とくにありません」

小さな声で、野ノ尾は笑う。

「君はいつも素直だな」

そうでもない、と思ったけれど、口には出さなかった。

代わりに春埼は尋ねる。

「素直なことは問題ですか？」

「基本的には美徳だろう。でも、たまには問題になる」

「たとえば？」

「たとえば、君、私が好きか？」

「いえ。好きでも嫌いでもありません」

もう一度、野ノ尾は笑う。

「その言葉は、場合によっては人を傷つける。私はむしろ、それくらいの方が、気楽でいいけれどね」

野ノ尾の膝に、猫が上る。その頭に手をおいて、彼女は言った。

「なんでも、気楽な方がいい。そうだな、私たちは下らない話をしよう。無意味で、思わず眠くなってしまうような。ただ心地よいだけの話をしよう」

下らない話。無意味な話。

それは浅井ケイが好むものでもあった。でも春埼には、咄嗟にそういった話題を、思いつくことができなかった。だから尋ねる。

「具体的には、どんな話ですか？」

「そうだな。では、世界でいちばん優しい言葉を探してみよう」

「優しい言葉、ですか」

「別に楽しい言葉でも、嬉しい言葉でもいい。悲しい言葉や寂しい言葉じゃなければいい。なんでもいいから、今回は優しい言葉にしておこう」

野ノ尾は春埼に視線を向ける。

「君にとって、世界でいちばん優しい言葉とはなんだ？」

そんなもの、考えたこともなかった。思考のとっかかりもない。目的もわからないまま暗中模索するような質問だ。

「わかりません」

と、春埼は答えた。

野ノ尾は頷く。

「では、もう少し具体的に考えてみよう。――たとえば一匹の痩せた猫が、寒い夜に、冷え冷えとしたアスファルトの上で眠るとして。とても疲れ果て、腹を空かせていたとして。その猫を救えるような言葉が、存在するだろうか？」

春埼は一匹の猫を思い浮かべる。

痩せた猫。疲れ果て、空腹で、寒さに震えている。

その猫が苦しんでいることは、春埼にだってわかる。きっと求めているものは、言葉なんかではないだろう。ミルクと毛布があれば、その猫は救われる。空腹を満たし、暖かく柔らかな場所でゆっくりと眠ることができる。

ミルクと毛布に代わる言葉なんて、存在するだろうか。

言葉で猫が救われることなんて、あるのだろうか。

そう考えて、ひとつだけ答えに思い当たる。だが春埼はその考えが正しいのだという確信を持てなかった。

野ノ尾は微笑む。

「そんなに真剣に悩むことじゃない。無意味な話に、答えなんてありはしないんだ。思いつくまま言葉にすればいい」

春埼は小さく頷いて、答える。

「では、貴方が求めているものを探してくる、と言います」

「ん？」

「毛布やミルク、そういった必要なものを持ってくる、と約束します」

だがこれは、優しい言葉なのだろうか？　設問の意図とずれているように思う。だって結局、猫を救うのは言葉じゃない。約束の先にある行為だ。

だからこの答えは、間違いなのだろう。そう思ったけれど、野ノ尾は満足した様子で頷く。

「なるほど。約束は、希望になる」

「希望、ですか」

「先に救いがあるのなら、猫は空腹と寒い夜に、もう少しだけ耐えてみようと考えるかもしれない。猫も、人も、苦しみに耐えるために必要なものは希望だよ」

「希望とは、優しい言葉ですか？」

小さな声で、野ノ尾は笑う。

「どうかな。もしかしたら残酷なだけかもしれない。翌日もその猫は腹を空かせて、寒さに震えているのかもしれない。でもね、相手に希望を与えようとする感情は、きっと優しいよ」

よくわからない。

私は「優しい」という言葉の意味さえ知らないのだ、と春崎は思う。うっすらと、表面だけ知っていて、それでみんな理解した気になっていた。

だから春崎は、野ノ尾に尋ねる。

「貴女（あなた）にとって、いちばん優しい言葉とはなんですか？」

野ノ尾は軽く首を傾げて、柔らかな手つきで猫の背中をなでながら、答える。

「もし私の目の前に、寒さに震えて、空腹に苦しんでいる猫がいたら。私は、寒いなと言う。寒いし、腹が減ったと言う」

「それで猫は救われますか？」

「そんなわけがない。なにを言ったところで、なにも変わらない。でも私だって、君と同じなのだと伝えることはできる」

「それを伝えて、どうなるんですか？」

「相手次第だよ。猫が餌を探しにいこうと言ったら、よし行こうと答える。暖かな寝床が欲しいと言ったら、まったくその通りだと答える」

「猫がなにも言わなければ？」

「私もなにも言わずに、隣で眠るよ」

野ノ尾の答えが正しいのか、春埼にはわからなかった。

――ケイなら、どう判断するだろう？

と、春埼は考える。答えに迷ったときにはこんな風に思考する癖がついていた。上手く言葉が出てこないとき、彼の声をイメージしてみると、不思議と言葉がみつかることがよくある。

浅井ケイの答えを予想して、春埼は言った。

「とても誠実な答えだと思います」

彼ならきっと、そういう風に言う。

「誠実というのは？」

「現実を歪めず、素直に受け入れています」

「それは、優しいのか？」

「私には、わかりません」

優しいという言葉の意味が、まだよくわからない。

「でもその猫は、多少なりとも救われるように思います」

と、春崎はつけ足した。

声を出さずに、野ノ尾は笑う。

「それはよかった」

「はい」

「でもな、実は私は、言葉というものを、あまり信用していないんだよ」

彼女はとても自然に、猫の首の辺りをなでている。猫は目を閉じ、大きな口を開けてあくびをした。

「言葉は信用できませんか？」

「思っていることをそのまま言葉にすると、まったく別の意味に聞こえてしまうこともある。そういうのは、少し気持ちが悪い」

「言葉の意味は、辞書に載っています」

「そうだな。そしてその辞書も、言葉で書かれている。言葉を知らなければ、言葉の意味も調べられない」

なるほど。難しい問題だ。

きっと今、「優しい」という言葉を辞書で調べても、春埼にはその意味が上手く呑み込めないだろう。

野ノ尾は言った。

「私が猫をなでるのは、愛情表現だよ。でもそれと同じだけの愛情を、どうすれば言葉で表せる？」

春埼は考える。でも、答えが出ない。

しばらく無言の時間が続く。セミがジォジォと鳴いていた。

やがて野ノ尾が、首を振る。

「すまない、つまらないことを言ったな」

「いえ」

「でも、だから私は、下らない会話を求めているんだよ。答えなんてあるはずもない、意味が正確でなくても誰も困らない、ただ心地よいだけの会話が好きなんだ」

それからふたりはしばらくの間、思いつくままに会話した。最近みた夢について、雲の形について、猫の肉球について。

どれも意味を持たない、ただ声で言葉を交換するだけの、ひと晩眠れば忘れてしまうような会話だった。

　やがて日が暮れかかり、春崎は石段から立ち上がる。それから、ふいに気になって、尋ねた。

「私たちは、友達になれましたか？」

　野ノ尾は軽く首を傾げる。

「どうかな。友人というよりは、まだ知人の範囲にいるような気がするよ」

　春崎は頷く。なんとなく、そんな気がしていたのだ。

　やはり、目的は達成できなかったのかもしれない。必ず今日、達成しなければならない目的というわけでもないけれど。

　野ノ尾は笑う。

「気が向けば、またここに来ればいい」

「それで友達になれますか？」

「きっと。一度話しただけでは知人だが、何度も繰り返せば友人だ」

「そんなものですか」

「よく知らないが、そんなものだと思うよ。それに私は、わりと君が気に入っている。そのうち友人らしくなるさ」

　それは、よかった。

「実は、不安だったのです。私には今まで、友達と呼べる相手はひとりだけしかいませんでした」

「ひとり？　それは、浅井か？」

「違います」

どれだけ言葉を交わしても、彼は友人というカテゴリーには入らないのだと思う。まだ名前もついていない、とても不思議で特別なカテゴリーに、彼はいる。

唯一、友達と呼べそうな相手は、二年前に知り合った少女だ。ブランコが好きで、すぐに春埼の制服の裾（すそ）を握る癖があった少女。でも彼女のことを野ノ尾は知らないはずだから、話題に出しても仕方がない。

「では、また来ます」

「ああ。待っているよ」

軽く手を振って、春埼は野ノ尾に背を向ける。

夕暮れ時の茜色（あかねいろ）が混じり始めた光が、周囲の木々の影を引き伸ばしていた。

山道を下りながら、春埼美空は考える。

今日一日の結果について。

春埼美空の友人を作る計画は、まだ今のところ進行中だ。

いつになれば結果が出るのかはよくわからない。きっと、いつでもいいのだろう。

「ある日の春埼さん　～友達作り編」了

さよならがまだ喉につかえていた

0

「伝言が好きなの」

と、相麻菫（そうますみれ）は言った。

少し掠（かす）れた声だった。

八月三一日、雨の停留所で、浅井ケイは彼女の隣に座っていた。

雨音の向こうでそっと囁（ささや）くように、彼女は続ける。

「幸せな言葉やささやかな言葉を、人から人に、たくさん伝えたい」

ケイには相麻がなにを言いたいのか、よくわからなかった。

でも、脱力して自然な形に曲がった彼女の指と、こちらの顔を覗（のぞ）くために傾けた彼女の首の角度が作る、小さな世界は心地いい。それを壊してしまわないように、抑えた口調でケイは尋ねる。

「もし伝える言葉が、悲しいものなら？」

相麻は微笑む。

気泡が水中から浮かび上がり、水面で弾（はじ）けるように。自然で、必然的で、仄（ほの）かな悲しみを含んだ笑みだった。

「伝え方を工夫するわよ。それが伝えるべきことなら、正しい方法で、正しい言葉を使って、正しく伝える」

微笑む彼女がいつもよりも綺麗にみえて、ケイは視線を落とす。停留所の屋根から垂れた水滴が、水溜りの表面で跳ねる。

「それでも伝わってしまったら、相手は悲しくなるよ」

誰かが悲しむのは、嫌いだ。

「そうね。でも私は、伝わらないよりはずっといいと信じている。ただ悲しいだけなら、そんな言葉、伝えるべきものじゃない」

伝えるべき言葉とは、なんだろう？　誰かが悲しむのに伝えるべき言葉なんて、いったいどこにあるというのだろう？　そんなもの全部、埋めてしまえばいいんだ。決してみつからないように、深い穴を掘って。

でも、相麻菫は言った。

「怯えなくても大丈夫よ。きっと、貴方なら上手くやれるわ」

雨は降り続いていた。

それからほどなく、彼女は死んだ。

1

夏の残骸(ざんがい)が、制服の裾をつかんで離さない。

浅井ケイは南校舎の階段を上ったけれど、奇妙な抵抗を覚えて、屋上に出る扉の前で足を止めた。どうしても目の前の扉を開けようという気にならなかった。

九月一五日、水曜日の放課後だ。

ここに来る理由なんてない。なにひとつ、ない。なのにケイは今日も、独りきり屋上の手前にいる。

扉に背を向けて、階段に座り込む。なんだか冷たい階段に手をついて、その表面を指先で叩(たた)いてみる。こつん、こつんと、誰かの遅刻に苛立(いらだ)っているように。実際、ケイの心境は苛立ちに近いものだった。会いたい人が現れない。どれだけ待ってみても、彼女はここに、やってこない。こつん、と硬い音が、白い壁に反響して消えた。誰にも届かないままで。

中学二年生の二学期が始まって、もう二週間経つ。

相麻菫が死んでからも、同じだけの時間が経った。

もう屋上に、彼女はいない。

この二週間で、ケイの生活は少し変化した。南校舎の屋上で、休み時間や放課後を過ごすことがなくなった。毎日のように階段を上るけれど、屋上の手前で足を止めてしまう。それに相麻がいなくなると、春埼美空に会う理由もみつからない。

――僕たちはとても自然に、一緒にいたつもりだったんだけどね。

でも、そんなことはなかった。

一学期のころ、ケイと春埼が頻繁に顔を合わせていたのは、相麻がいたからだ。彼女が何度もふたりを呼び出すから、ケイと春埼は同じ時間を過ごしていた。それだけだ。

ケイは顔を上げる。汚れた天井がみえた。屋上に出れば、青空を見上げることだってできるのに。ひとりきりで見上げる空が、この天井よりも価値があるとは、どうしても思えない。

最後に春埼に会ったのは、一週間ほど前だ。

ふたりは揃って職員室に呼び出され、奉仕クラブに入るよう勧められた。意外なことではない。ケイと春埼の能力は、ふたつ揃えばとても強い効果を発揮する。入部を勧められるのが遅すぎるくらいだと感じた。

奉仕クラブに入ることに、抵抗はなかった。

そこに所属していれば、自然と能力に関する情報が手に入る。ケイはより多くの能力を知りたかった。

ケイも春埼も、その場で奉仕クラブへの入部を決めた。並んで入部届に名前を書き込んで、一緒に職員室を出て、校門の前で別れた。それきり顔を合わせていない。

自覚している。ケイは春埼を避けている。

まだ春埼の前で、上手く強がれる自信がない。どうしても相麻の死を、意識してしまう。できるなら彼女には、弱っているところをみせたくない。彼女の悲しむ顔だってみたくはない。

――でも、もう、二週間経つんだ。

そろそろ、状況を変えなければならない。

暗い顔をして沈み込み、ため息ばかりついているのは気が楽だが、いつまでもこのままではいられない。大丈夫だ、とケイは自分に言い聞かせる。なにも忘れない能力を持っているんだから、大丈夫だ。無理やりに笑っても、毎日それを続けても、もしもいつか笑顔が本心になったとしても。この胸の痛みを忘れることは、能力が許さないのだから大丈夫だ。安心して、強がっていられる。

ちょうど変化するきっかけは、目の前に提示されていた。

奉仕クラブの部員として、初めて仕事を振られたのだ。

内容は簡単なものだ。ある幼い男の子が、能力を使って、仲の良い女の子を傷つけてしまった。自分の能力がどういったものか、まだよく理解できていなかったのだ。それは事件というより、事故に近いものだった。

春埼はリセットを使い、男の子が能力を使う前の世界を再現する。ケイはリセット前に起こったことを、奉仕クラブの顧問を務める教師に伝える。あとはすべて管理局が対応する。そういうことになっていた。

職員室でケイがその話を聞いている間、春埼は現れなかった。きっとホームルームが長引いているのだろう、と考えて、ケイはひとりで職員室を出た。

ほどなく春埼も同じ話を聞き、リセットを使うはずだ。

――それから、彼女に会いにいこう。

具体的なことはなにも決めていない。でも奉仕クラブの仕事でリセットを使ったことを、春埼に伝えないわけにはいかない。それを言い訳に、彼女に会いに行こう。顔もしらない男の子と女の子の問題を解決して、少しでも幸せな気持ちで、ふたりでゆっくり話をしよう。ささやかな話題から始めよう。できるだけ相麻のことも話そう。南校舎の屋上でなくてもいい。でも空のみえる場所で、たくさん話をしよう。

みんなあの夏から繋がっているんだから、悲しいのは仕方がない。でも、ここからまた色々なことを始めよう。

ケイはポケットから、携帯電話を取り出す。

奉仕クラブに入ったすぐ後に買ったものだ。少しでも春埼と連絡を取りやすくするために。その携帯電話で、時間を確認する。午後四時一五分。さすがにもう、春埼のクラスのホームルームも終わっているはずだ。

ケイは片手に携帯電話を持ったまま、膝の上で頬杖をつく。

新品の携帯電話には、猫のストラップがついている。基本的には黒猫で、でも口の周りと、手足の先だけが白い猫。その猫だけが、少し古ぼけてみえる。

猫はなにか柔らかな素材でできていて、指で押すとへこみ、離すとゆっくりと時間を掛けて元に戻る。猫を指先で突っつきながら、ケイはリセットが使われるときをじっと待つ。

だが、どれだけ経っても、リセットは使われなかった。携帯電話の時刻表示は、同じ速度でその数字を増し続けた。

放課後の校舎に人は少ない。些細な音もよく聞こえた。

午後四時三五分。階段に足音が響き、春埼美空が現れた。


「リセットを、使えません」

と、春埼美空は言った。

彼女の表情は、これまでとなにも変わらないようにみえた。静かで、感情がない。芸術家というより技術者が設計したような、精巧で歪みのない表情だった。

ケイは携帯電話をポケットにしまう。それから尋ねた。

「つまり、セーブしていない、ということかな?」

リセットは、事前にセーブしていなければ使用できない。それにセーブは、ちょうど三日間でその効果を失ってしまう。つまり三日以内にセーブしていなければ、春埼はリセットできない。

しかし、彼女は首を振る。

「いえ。二日前の午後五時ごろ、セーブしました」

「じゃあ、どうしてリセットできないんだろう？」

「わかりません。でも、能力を使える気がしません」

いったい、どういうことだろう？

リセットに関するルールは、ひと通り理解した気になっていたけれど、見落としがあったのだろうか。それともなにか、別の要因があるのだろうか。

ケイは階段の隣を指す。

「とりあえず、座る？」

春埼は首を傾げた。

「座った方がいいですか？」

「どちらでも。君の好きなようにすればいい」

春埼はしばらく、こちらの顔をみつめていた。その視線はまっすぐで、わずかに震えることもなかった。でもやがて頷いて、彼女はケイの隣に腰を下ろした。

春埼の動作を、ケイは目で追う。彼女の肩の少し上でショートカットの髪が揺れる。その向こう、まるでガラス球みたいな、澄んだ瞳がこちらを向く。

目が合った。少し気まずいけれど、彼女は視線なんかに関心を持たないだろう。ケイはそのまま、じっと春埼の瞳をみつめていた。

でも意外なことに、春埼は目を逸らす。彼女は少しうつむいて、その表情のない表情が、なんだか悲しんでいるようにもみえた。僕の勘違いならいいな、とケイは思う。無表情から、正確に感情を読み取ることなんてできはしない。

たとえばひと月前の春埼であれば、もう少し豊かな表情を持っていた。そこにある悲しみや苦しみを疑う必要もなかった。彼女はケイに向かって、笑ってみせたことさえあったのに。

相麻菫が死んで、春埼美空が泣いた。あの日からまた、春埼の表情が抜け落ちたような気がする。

ケイは思い出す。以前、相麻が語った言葉だ。

──春埼は変わりつつある。あの子はこれから、たくさんの感情を知っていく。きっと、貴方からそれを学ぶ。

そういうことなのだろう。

今の春埼は、ケイの感情を写している。ケイが悲しんでいれば彼女も悲しみ、ケイが感情を失っていれば、春埼も感情を失う。

ケイは無理やりに微笑んだ。偽物の笑顔だ。そんなもので、春埼が笑うことはない。だけどケイは、微笑んだまま尋ねる。

「二日前には、セーブを使うことができたんだね？」

目の前の問題を、ひとつずつ乗り越えていこう。

今、重要なのは春埼のリセットだ。彼女がリセットしなければ、奉仕クラブの仕事も進まない。

春埼は頷く。

「はい。使えたはずです」

「どうしてわかるの？」

セーブしても、目にみえて状況が変化するわけではない。

「セーブには、抵抗がありません。でもリセットは、初めから使える気がしません」

「セーブはできるのに、リセットはできない」

「はい」

「そのふたつの違いはなんだろう？」

春埼は長い間、うつむいていた。

隣の校舎から、トランペットの演奏が聞こえる。吹奏楽部が練習しているのだろう。聞き覚えのある曲だった。でも、名前は知らない。メロディーラインだけ知っている、柔らかくて感傷的な曲だ。

春埼は視線を上げた。

もう一度、目が合う。

「はい。三日に一度は、セーブしておくように、と」

もちろん、覚えている。もう二か月半も前のことだ。たしかにケイは、彼女にそう指示を出した。

トランペットの音が途切れる。それで階段が完全な無音になる。春埼美空の声を聞くために、神さまが他の音を消し去ったように。

彼女は言った。

「ケイ。リセット、と、指示を出してください。貴方が指示してくれれば、リセットを使えるような気がします」

――いつから彼女は、僕のことを下の名前で呼ぶようになったのだろう？

ずっと、浅井ケイ、とフルネームで呼んでいたのに。

そんなことが、なぜか気になった。でも、記憶を辿りはしなかった。

2

九月の半ばになっても、まだセミは鳴いていた。

午後五時。

春埼美空はひとり、自宅へと向かう道を歩いていた。

結局、浅井ケイは、リセットを使うよう指示を出さなかった。彼は明日までリセットを使うことを保留した。

今後のことを考えれば、春埼が独力でリセットを使えた方がいい。指示されなければ能力を使えないことが、いつか大きな問題になるかもしれない。それが、彼の意見だった。

少し意外だ、と春埼は思う。浅井ケイはすぐにリセットの指示を出すだろう、と予想していたから。

日没前の紺色がかった空の下を、春埼は歩く。影の色合いが濃くなる時間だ。自身の足音を聞きながら、考えた。

――彼は、リセットが嫌いになったのだろうか？

その可能性は、高いように思えた。

おそらく相麻菫の死には、リセットが関わっているのだから。

相麻菫が死んでから、浅井ケイがこちらを避けていることには気づいていた。以前はリセットを求めていたのに。春埼は彼のためにリセットを使おうと決めたのに。

――きっと、だからだ。

なぜリセットを使えなくなったのか、ぼんやりと思い当たる。

咲良田の能力は、望まなければ使えない。春埼は浅井ケイに従うことを決めた。彼はリセットの使用を望まなくなった。だから、春埼もリセットを使おうと思えない。

この思考は論理的だろうか？　わからないけれど、彼が望まないことは、すべきではない。春埼の深い部分がそう判断している。

右手に小さな公園がみえた。公園には、誰もいない。無人のベンチといくつかの遊具が並んでいるだけだ。

春埼はその公園に入った。ふたつ並んだブランコに向かって歩く。ブランコは子供用に、低く調節されている。そこに座り、鎖を握る。

なんだか、まだ家に帰りたくなかったのだ。今日すべきことが、まだ終わっていないような気がした。

後方、近くにある木から、セミの声が聞こえる。

春埼美空は考える。

──私は、リセットを使うべきなのだろうか？

その問題は一見シンプルで、だが内側は複雑な構造になっている。

おそらく浅井ケイは、リセットを拒絶している。

だが彼は明日、平然とリセットを使うよう指示するだろう。

リセットすれば、奉仕クラブの仕事をこなすことができる。どこかの誰かが、きっと少しだけ幸せになるのだろう。なら彼は最終的に、リセットを使うことを選ぶのだと、春埼は確信している。

浅井ケイは判断を間違えない。

──それなら、私はリセットを使うべきだ。

結局、彼がリセットを使おうとするなら、すぐにリセットしてしまえばいい。彼に余計な手間を掛けさせる必要はない。

小さな声で、春埼は呟く。

「リセット」

だが世界は、変化しない。

時間は一定のペースを保ち、前方にだけ流れている。

──やはり、私の中のなにかが、リセットを使いたくないと考えている。

おそらく感情と呼ばれるものが、あの能力を拒否している。

リセットを使うか、使わないか。ふたつの選択肢。その答えが、理性と感情で食い違っている。

そう考えて春埼は、相麻菫の言葉を思い出した。

*

「貴女(あなた)をみていると、まったく同じ形をした、ふたつの白い箱を連想するの」

と、相麻菫は言った。

もう五か月も前の、春埼が浅井ケイに出会う直前のことだ。

この公園を出たところで、彼女は言った。

「貴女はいつも、まっ白な部屋にいて、まったく同じ形をしたふたつの白い箱と相対している。一方だけを開かなければならないけれど、どちらが正解なのかはわからない」

意味がわかりません、と春埼は答えた。

あのときは本当に、意味がわからなかった。それは不要なことだと判断していた。そもそも春埼は初めから、相麻の言葉を理解するつもりがなかった。

でも、今なら少しだけ、白い箱の意味がわかる。

彼女は選択に関する話をしていた。人は生きていく中で、様々な物事を選択する。その基準について語っていた。

記憶の中の相麻菫は、軽やかな笑みを浮かべている。

「つまり貴女にとって、世界はそれほど平坦なものだって意味よ。もしふたつの箱にそれぞれ別の色がついていたら、好きな方の色を選んで箱を開ければいい。箱の形が違ったら、その形を理由にしてもいい。だけど貴女の前にあるのはいつだって、まったく同じ形をした、ふたつの白い箱」

あのころ、春埼にとって、選択肢はすべて同等に無価値だった。あらゆる選択肢が、同じ色、同じ形にみえていた。

――いや。それは、違うのかもしれない。

色も形も別物だったのに、その違いを気に留めていなかっただけなのかもしれない。目でみえるもののすべてを、意識がみているわけではないのだろう。

だがなんにせよ春埼は、長いあいだ、なにかを選ぶことに抵抗がなかった。すべてが無価値なら、感情を無視して、理性だけでなにもかもを決めてしまえた。

相麻菫は言った。

「判断の材料なんてどこにもありはしないのに、それでも貴女はどちらかの箱を開ける」

＊

でも、今は違う。

リセットを使うか、使わないか。

ふたつの選択肢は、まったく別物にみえている。形も色も違うことを、春埼は自覚している。

春埼の理性は主張する。

――私はリセットを使うべきなのだ。

浅井ケイも結局、そうすることを選ぶ。そして彼は、春埼ひとりでリセットを使うべきだと告げた。彼に従うなら、迷う余地もなく、今ここでリセットを使ってしまえばいい。

だが感情は拒絶する。

――浅井ケイは、リセットを嫌っている。

この能力は、相麻菫の死に深く関わっているから。本当はリセットなんて、望んでいない。

理性の方が正しいのだと思う。だが感情が、いうことを聞かない。何度「リセット」と呟いてみても、世界はなにも変わらない。

風が吹いた。セミの声が止んだ。

そんなことがきっかけだったわけもないけれど、春埼美空は理解した。

信号機の色が変わるように、唐突に。何気なく投げたボールが的に当たるように、脈絡もなく。なぜリセットを使えないのか、理解した。

春埼はほんのわずかに、顔をしかめる。

再びセミが鳴き始める。気がつけば空が、赤く染まりつつあった。もうずいぶん辺りは暗い。いつの間にか、街灯に明かりが灯(とも)っている。

声に出して、春埼は呟く。

「私は、ケイに嫌われることを怖れている」

そのことを過剰に怖れているから、リセットを使えない。

3

浅井ケイは、バスの停留所のベンチに座っていた。

夕日をみるために、山に登ろうと思ったのだ。相麻菫と同じように。彼女は夕日をみるために山に登り、そして川に落ちて、死んだ。

彼女が川に落ちたのは、夕日をみる前だろうか？　みた後だろうか？

できるなら、綺麗(きれい)な夕日をみた後であって欲しいと思う。彼女の最期に、美しい景色があれば良いと思う。

バスが停留所にやってくるまでは、まだ一五分近く時間がある。それから二〇分ほどバスで進み、山の中腹の停留所で降りる。そこからさらに一五分ほど山道を登れば、西の方向を見渡せる、開けた場所に出るはずだ。

日没まではあと一時間ほどしかない。ぎりぎりだ。

——別に、夕日でなにが変わるってわけでもないんだけどね。

誰も、救われない。

春埼がリセットを使えるようになることもない。ケイ自身がわずかな満足感を得ることすらできないように思う。ただ、また少し、悲しくなるだけだ。

僕は悲しみたいのだろうか、とケイは考える。

きっと、そうなのだろう。自然と涙が流れるほどに、深く悲しみたいのだろう。

ケイは携帯電話で時刻を確認する。視界の隅に、猫のストラップが引っかかった。

基本的には黒く、でも口の周りと、手足の先だけが白いその猫は、元々はキーホルダーだった。そのキーホルダーには以前、ケイの自宅だった場所——遠い街にある、両親が暮らすマンションの鍵がついていた。でも鍵は咲良田に留まることを決めたときに捨ててしまった。

手元には猫型のキーホルダーだけが残った。やがてそのキーホルダーの金具の部分が壊れて、意味をなさなくなっていた。だからケイは、できるだけシンプルなデザインのストラップを選んで購入し、この猫を繋いだ。

——それほど、気に入っているわけでもないんだけどね。

ケイは苦笑する。

でもこの、今はストラップになった猫は、ケイにとって重要な意味を持つ。母親にもらった、かつて自宅の鍵がついていたキーホルダー。それは猫の形をした、ケイが捨てた幼いケイの残影だ。

以前から携帯電話を買ったら、この猫をストラップにしようと思っていた。でも、実際に取りつけてみると、なんだかいまいちしっくりこない。

どうしてだろう？　サイズはちょうど良い。猫のデザインも、まあかわいいと思う。かわいいものはけっこう好きだ。でももしかしたら、両親が暮らすマンションの鍵と、新品の携帯電話では釣り合わないのかもしれない。

この猫はきっと、もっと重要なものの先に取りつけられるべきなんだ。少なくともあのマンションの鍵を捨てたことに納得できるくらい重要で、もう二度と手放さないと信じられるものに。でもそんなものが、いったいどこにあるというのだろう？

ケイは猫をつまむ指先に、少しだけ力を込める。それで猫が縦長に歪む。なにかに驚いているようにもみえた。

その猫を眺めながら、考える。

――僕は今日、春埼にリセットを使えと言うべきだっただろうか？

指示を明日まで保留した理由は単純だ。

春埼自身の意思で、能力を使える状態に戻って欲しい。

いつだってケイが彼女の隣に居られるわけではないのだ。彼女自身の判断で、リセットを使うべき事態も起こり得る。能力の制限は、もちろん少ない方が便利だ。

でも本当にそれだけが理由なのか、ケイにはわからない。もっと別の、より感情的な理由で、判断を保留したのではないだろうか？

相麻菫は、リセットの結果、死んだ。

リセット前の世界では生きていた彼女が、リセット後の世界では死んだ。

ケイはそのことを知っている。きっと、どこかで、春埼の能力を怖れている。

認めざるを得ない。

――今まで、認識が甘かったんだ。

基本的にはリセットを使っても、リセットの前と同じ出来事が繰り返される。そのことについては、きちんと調べたつもりでいた。たとえばリセット前とリセット後で、新聞の文面が変わることはなかった。遠くの街で交通事故が起こるのも、目の前で子供が転ぶのも、スポーツの試合結果も株価の変動も、いつもまったく同じだった。だからリセットを使うだけでは、未来は変わらないのだと信じていた。

例外は能力を使って――たとえばケイ自身の記憶保持などで、リセットの前から後へと情報を持ち越した場合に限られる。そう思い込んでいた。

だけど、相麻菫は、死んだ。

ケイが関与しないところで、出来事が変わった。

どこかで誰かが、特別な能力を使ったのかもしれない。ほんの低い確率で、リセット前後の出来事は偶発的に変化してしまうのかもしれない。あるいはケイが自覚していないくらいの、ささやかな行動の違いが彼女の運命に影響したのかもしれない。

理由はわからない。だがリセットを使えば、不慮の事故が発生し得る。

――それを理解したから、咄嗟には、リセットを使うよう指示できなかったんだ。

つまり、責任を負う勇気がなかった。

ケイは目を閉じる。明日にはきちんと、リセットを使うよう指示を出そう。そうしなければならないのだ、と思った。

そのとき、ふいに、手の中の携帯電話が鳴り始める。

初期設定のままの電子音だ。目を開くと、モニターには見覚えのない番号が並んでいた。

ケイは通話ボタンを押す。

携帯電話を耳に当てると、聞き覚えのある男の声が聞こえた。

「管理局の者です」

と、彼は言った。ツシマ――津島信太郎、という名前の管理局員だ。

「どうでしたか?」

と、ケイは尋ねる。

津島から電話が掛かってくる理由は、ひとつだけだ。

ケイは彼に、相麻のことを相談していた。間接的ではあるけれど、相麻菫は、リセットの効果によって死んだ。そして管理局は能力に関する問題を解決する。管理局が動けば、すでに死んでしまった相麻を助けることだってできるかもしれない。

しかし津島は、感情のない声で答える。

「管理局は相麻菫の死を、能力の関わらない事故だと判断しました。この件に、管理局は関与しません」

落胆を押し殺して、ケイは尋ねる。

「どうして？」

「春埼美空の能力と、相麻菫の死は、関係が明確ではありません」

「そんなはずがない。彼女は、リセットを使う前は、生きていました」

「そう主張しているのは、貴方だけです」

ケイは内心で舌打ちする。

「僕が嘘をついている、と言いたいんですか？」

「その可能性を否定できないと、管理局は判断します」

「貴方たちなら、僕の話が嘘か本当かくらい、調査できるでしょう？」

「その質問には答えられません」

怒鳴り声を上げげそうになり、ケイは咄嗟に息を止める。

叫んだところで、管理局は決まったことを変えない。どれだけ怒りを表しても、相麻菫は生き返らない。それに、電話の向こうにいる津島が、すべてを決めたわけでもないだろう。八つ当たりの相手としても適切だとは思えない。

——今は意味のある話をしよう。

ゆっくり息を吐き出してから、ケイは尋ねる。

「もし、僕の話が本当だと証明できたら、相麻を助けてくれますか？」

電話の向こうで、しばらく沈黙してから、津島は答えた。

「いえ。あり得ません」

「どうして？」

「すみません、私の話し方が悪かった。貴方の話がすべて真実だとしても、管理局は今回の件に関わりません。彼女の死は能力に関係なく起こった事故として処理されます」

「意味がわかりません。誰が、それを決めたんですか？」

「誰というわけではありません。管理局の決定です」

理性では、管理局の判断に納得していた。

リセットは世界全体を巻き込む、極めて効果範囲の広い能力だ。あの能力の、二次的な被害をすべて調べ、対応することなんか不可能だ。

管理局は極めて公平な機関なのだと思う。すべてを救えないのなら、ひとりだけを救うようなことはしない。例外を生むことはない。管理局はあくまで咲良田すべてのためにあり、個人の幸福を望まない。

——なにも、間違っていない。

その判断は、咲良田の能力を管理する公的な機関として、とても正しい。

相麻菫を救いたいと望むのは、ケイの我儘(わがまま)だ。

ケイが個人的に、成し遂げるべき目標だ。

「最後に、ひとつだけ教えてください」

「私に答えられることなら」

「管理局がその気になれば、相麻菫を——二週間前に死んでしまった女の子を、救うことができますか?」

能力を管理する組織なら、相麻を救うことができるのだろうか。

咲良田の能力すべてともいえる情報を持っていれば、可能なのだろうか。

「その質問には、答えられません」

と、津島は答えて。そして、電話が切れた。

ケイは受信履歴を開き、今掛かってきた番号に掛けなおす。

どこにも繋(つな)がらないだろうと思っていた。世の中には発信専用の電話番号もある。そういう性質の番号だろうと思っていたけれど、コールの音は素直に鳴った。七回鳴って留守番電話サービスに繋がった。——はい、津島です。電話に出ることはできません。

思わず、眉(まゆ)を寄せる。

——津島さん個人の番号だった？

それは、意外なことだ。話の内容を考えれば不自然でさえある。あるいはそこには、津島からの、なんらかのメッセージがあるのかもしれない。彼は管理局員としてはユニークだ。

少し迷ったけれど、ケイはなにも吹き込まず、電話を切る。それから彼の電話番号をアドレス帳に登録する。

バスは定刻通りに停留所に現れた。

＊

途中、谷間を流れる小川にかかった橋の上で、しばらく足を止めていたのが原因だろう。ケイが目的の場所——西の空を見渡せる、開けた山道に到着したころにはもう、夕日は沈みかけていた。

街には影が落ち、コンビニの看板や自動車のライトがよく目立つ。

空の低い場所は、綺麗なオレンジ色だった。そこから高い位置になると、紫、青、濃紺と丁寧なグラデーションを経て夜空に繋がる。空の手前には雲がいくつも重なって浮かんでいる。夕日に照らされて、底がピンクに色づいた雲だった。光の当たらない雲の上部は、深い紫色の影が掛かっている。

綺麗だな、と、素直に思う。相麻はきちんと、この夕日をみられただろうか？　同じ景色をみたなら、そのとき彼女はなにを思っていたのだろう？

考えてみても、わからない。相麻菫のことは、なにもわからない。でもケイが夕日をみて思い出すのは、初めて彼女に出会ったときのことだった。

テトラポットの上に、ケイはひとりで座っていた。彼女は唐突に現れて言った。

――泣いているの？

確かにひとりで夕日をみていると、なんだか泣きたくなる。

なぜだろう。一日の終わりを、強く意識するからだろうか。夜空の月よりもよほど強い力で、夕日は物事の終わりを連想させる。

沈む夕日をみていると、背後で、なにか小さな音が聞こえた。

風で木の枝が揺れたのだろうか。だがそれは、もっと低い位置から聞こえた。靴で土と草を踏みつけたような音だった。

――相麻。

彼女がそこに、いるはずもないけれど。

ケイは振り返る。立っていたのはひとりの女の子だった。

もちろん、相麻菫ではない。ケイの知らない女の子だ。高校生だろうか、ケイよりも二つか三つ、年上にみえる。長い髪を首の後ろで括っている。服装はシンプルだ。白いTシャツと、夕日の中ではほとんど黒にみえるジーンズ。小さなリュックサックを背負い、左手の中指から小指まで三本の指それぞれに幅の広い指輪をつけている。装飾性のない、鉄の塊のような指輪だった。

彼女と目が合う。目が細いせいか、目つきが悪くみえる。

「キミ。こんなところで、なにをしてるの？」

と、彼女は言った。

目が合ってしまったから、声を掛けざるを得なかったのだろうか。

「夕日をみにきたんです」

と、ケイは答えた。他に答えようもなかった。

「へぇ、どうして？」

「なんとなく。そういう気分だったので」

「そう。変わってるね」

彼女はポケットに手をつっこみ、なにか取り出す。――赤いパッケージの、有名なチョコレート菓子だ。

「キットカット。食べる？」

変わっている、といえば、この女性の方が変わっているのではないだろうか。出会ったばかりの相手にキットカットを勧めるのと、なんとなく夕日をみるために山に上るのでは、どちらの方が珍しいだろう？

少し戸惑ったけれど、ケイは頷く。

「では、いただきます」

彼女は赤いパッケージを破り、キットカットを取り出した。ウエハース二本分が、チョコレートで繋がったキットカット。それをぱきんとふたつにわけて、一方をケイに差し出す。

「どうぞ」

「ありがとうございます」

もうほとんど沈んでしまった夕日を眺めながら、並んでキットカットをかじる。

なぜ年上の、目つきの悪い女の子と、キットカットを食べることになるのだろう。ちょっと状況の変化に、感情がついていけない。今日は相麻と春埼のことだけを考えて一日を終えるつもりだったのに。

ケイは内心でため息をついた。

目つきの悪い女の子は言う。

「なるほど。たしかに、たまには夕日をみるのも悪くないね」

「ええ」

「ところで、この辺りで女の子が死んだらしい。キミは知っているかな?」

――驚いた。

理由もわからないまま、半ば本能的にその驚きを押し隠し、ケイは口を開く。

「いつのことですか?」

「二週間くらい前。先月の終わり、八月三一日」

「知っています。同じ学校の子ですよ」

「へぇ」

彼女は空からこちらへ、視線を落とす。

「名前は？」

「相麻菫」

「どんな字を書くの？」

「相似形の相に、麻糸の麻。植物の菫で、相麻菫、です」

目つきの悪い彼女は、笑った。

「キミ、その子と親しかったんだ。恋人？」

「いえ。どうしてですか？」

「普通、同じ学校の子でも、フルネームで覚えてることはそうそうない。漢字表記まですらすらと答えられるのは、親しい関係だったと予想できる」

その指摘は、的外れだ。

確かに客観的にみて、ケイと相麻は、それなりに親しかったのだと思うけれど。彼女のフルネームと漢字表記くらい、相麻に出会うよりも前から答えることができた。

「たまたま、僕はそういう能力を持っているんです」

「能力？」

「なんでも思い出せるんですよ」

「へぇ」

普段はあまり、能力の話なんかしない。でも理由もなく隠すつもりもない。

それよりも、この女性が何者なのか。そちらの方が気になる。なにもわからないまま一方的に情報を引き出されるのは、気持ちが悪い。

「貴女は、どうしてここに？」

目つきの悪い彼女は、口元についたチョコレートをぺろりと舐め取って、答えた。

「女の子が、足をすべらせて川に落ちた。危険なようなら、修正した方がいい」

修正？

「柵でも立てるんですか？」

「そのつもりだったよ」

「どうして、貴女が？」

それはおそらく、公務員の仕事だろう。

彼女は肩をすくめてみせる。

「応急措置だよ。キミの言葉を借りるなら、そういう能力を持っているから」

「へぇ。どんな能力です？」

「瞬く間――と、いうほどでもないけれど。ほんの一分くらいで、柵を作れる能力」

「柵を作る能力？」

咲良田にはどんな能力だって生まれ得るけれど、それはちょっと想像しづらい。ずいぶん極端な能力だ。

「ほかにも雲を千切ったり、月に穴を開けたりできる。したことはないけれど、たぶんできると思う」

「わけがわかりません」

「わからなくていいよ。あ、コアラのマーチ、食べる？」

彼女は背中のリュックに手を突っ込む。

ケイは首を振った。

「いえ。止めておきます」

「美味しいのに」

「あまり食べ過ぎると、夕食が食べられなくなるので」

「そう。じゃ、ひとりで食べるよ」

彼女は器用に、背負ったリュックからコアラのマーチを取り出し、封を開けた。人差し指と中指を箱の中に突っ込んで、ラッパを持ったコアラを摘み上げる。それを口の中に放り込む前に、言った。

「私は、危ない場所に柵を作るつもりだった。でもね、ここまで歩いてきてみたけれど、中学生が落っこちそうな場所はみつからない」

それは、ケイも考えていたことだ。

相麻菫は川に落ちた。だから、橋の上に立って考えてみた。どうして彼女は川に落ちたのか。橋にはきちんと手すりがある。普通、足を踏み外すような場所ではない。

もちろん山道を外れれば、危険な場所もあるだろう。なにか理由があって、相麻は足場の不安定な山道に踏み込んだのかもしれない。原因はわからない。

口の中に入れたコアラのマーチを咀嚼し、飲み込んで、目つきの悪い彼女は言う。

「そして、キミをみつけた。だから川に落ちて死んだ女の子は、自殺だったんじゃないかと思った」

彼女の話が、急に飛躍した。

「僕がいたことと、相麻がどう繋がるんです？」

「キミがなんだか、死んでしまいそうにみえたんだよ」

あまりに平然と、彼女がそう言ったから、咄嗟には意味がわからなかった。

ケイは胸の中で反復する。――僕が、死ぬ。

彼女は続けた。

「色々なことを諦めて、簡単なきっかけで。風が強いとか、夕日が綺麗だとか、それくらいのなんでもない理由で、キミは死んでしまいそうにみえた」

ケイは頬に手を当てた。自分自身がどんな表情をしているのか、よくわからなかったから。それがよくなかったのだと思う。さっきまでひとりきりだったから、安心して、表情を作る努力を怠っていた。

やってきたのが、春埼美空ではなくてよかったと思う。

彼女には、落ち込んでいる表情なんてみせたくない。

目つきの悪い彼女は、少しだけ得意げに言った。

「だから私は、推理した。なにか事情があって女の子――相麻さんは死に、そのことを知っている恋人のキミが後追い自殺をしようとしているのだ、と」

「まったく違います」

それは推理というより妄想だ。あまりに事実無根だった。

どれだけ落ち込んでも、悲しんでいても、死ぬなんて馬鹿馬鹿しい。どれだけ死にたくても、自殺なんて非効率的だ。ケイはそれほど自分を過信していない。つまり、絶望できるほど世の中のことを知っているとは思えない。

少しだけ残念そうに、彼女は言った。

「おかしいな。キミがすらすらと、彼女の名前を答えたところまでは予想通りだったのに」

「ちなみに僕が死ぬつもりなら、どうするつもりだったんです？」

「もちろん助けるよ。そのつもりでキットカットをあげた」

この女性の話は、ずいぶん遠くまで飛躍する。会話についていくのが大変だ。

「キットカットを食べれば、死ぬのを止めると思ったんですか？」

「あんなに美味しいものを食べて、まだ死のうとする人はいないでしょ」

「そうですか？」

ちょっとキットカットの力を信じすぎてはいないだろうか。

「後は、ちょっと落ち着けという意味でもあった」

「甘いものでも食べて、落ち着け？」

「ハブ・ア・ブレイク」

下手な発音で、彼女はそう言う。キットカットの有名なキャッチコピーの一部だ。変わった人だ、とケイはまた思う。

話をしている間に、辺りはもうすっかり暗くなっていた。

夕日がみえないのなら、ここにいる意味もない。

「そろそろ帰ります。キットカット、ありがとうございました」

ああ、と呟いてから、彼女は言う。

「暗くて、危ない。下まで送っていくよ」

「大丈夫ですよ」

「どうせ私も帰る。一緒に行こう」

「わかりました」

別に、断る理由もない。

彼女は、いかにもついでといった様子で言う。

「キミ、名前は？」

「浅井ケイ、です。貴女は？」

「宇川沙々音。コアラのマーチ、食べる？」

そう言って、彼女はコアラのマーチの箱を、こちらに差し出す。

つい笑ってしまいそうになるのを、ケイは根拠のない意地で堪えた。

「ありがとうございます」

ケイはその箱に、指を突っ込む。

相麻の死を悲しむためだけに、山に登ったのだ。でも、奇妙な女性がやってきて、キットカットとコアラのマーチを振りかざし、感傷的な雰囲気を粉々にした。

すべて、偶然だ。でもそこには、なにかしらの示唆があるような気がした。いつまでも悲しんでいるだけではいけないのだと、誰かに耳元で囁かれたような気分になった。

なんにせよ、チョコレートはたしかに彼女が言うような力を持っているのかもしれない。完全ではなかったとしても。ほんの弱い力でも、誰かを死から引き離す力を持っているのかもしれない。

4

一晩中、リセットと呟いていた。

だが能力を使うことはできなかった。

翌日──九月一六日、木曜日。春埼美空は寝不足のまま、七坂中学校に登校した。普段は午後一〇時を過ぎると眠る。朝がつらいと感じるのは、久しぶりだった。

リセットと浅井ケイのことばかり考えているうちに、午前中の授業は終わっていた。あまり記憶もなかったが、ノートは文字で埋まっている。身体は自動的に日常をこなすようだ。

銀色のスプーンで給食を食べ終わったあと、春埼がため息をついたことに、春埼自身も気がつかなかった。それがどれだけ珍しいことなのかなんて、意識するはずもなかった。

とても小さな声で、リセット、とまた呟く。けれど世界は、なにも変わらない。

なんだか頭が重い。まだ眠気が抜け切らない。昼休みが終わるまで、眠って過ごそうと春埼は思う。

給食の食器を返し、机に戻ったとき、春埼は教室の前の廊下に、浅井ケイが立っているのをみつけた。

——時間が来たのだ。

彼は「リセット」と指示を出すためにやってきた。春埼は結局、ひとりで能力を使うことが、できなかった。

教室を出る。浅井ケイは微笑んで、こちらをみつめている。

春埼は彼の前に立つ。

「すみません、ケイ。リセットを使えませんでした」

春埼は意図して、彼をケイと呼ぶ。

相麻菫が彼のことを、ケイ、と下の名前で呼んでいたから。相麻菫が死んでから、春埼は彼女のまねをし始めた。

——私は、相麻菫の代わりになりたいのだろうか？

わからない。でもきっと浅井ケイにとって、相麻菫は重要な人物だ。重要で、特別だったはずだ。

八月半ばにみた、屋上の光景を思い出す。相麻菫が浅井ケイにもたれかかり、浅井ケイは相麻菫の肩に手を置いている。ふたりはとても親密にみえた。

「移動しようか」

と、浅井ケイは言った。

春埼は頷く。

胸の中心に、罪悪感があった。

――彼は、私ひとりでリセットを使うことを望んでいたのに。私にはそれができなかった。

ふたり並んで、廊下を歩く。

階段を上り、渡り廊下を越えて進む。

会話がなくても、あの南校舎の屋上に近づいているのだとわかった。昼休みの校舎は喧騒に包まれていたけれど、南校舎に入るとその騒ぎ声もずいぶん遠のいた。この校舎にあるのは職員室や資料室などで、あまり生徒が訪れない。

屋上へと続く階段を上ったところで、浅井ケイは足を止めた。屋上の扉を開くことはなかった。

彼は階段に座り込む。春埼もその隣に腰を下ろした。

浅井ケイは言った。

「リセットしよう」

頷いてしまえば、よかった。

彼が指示した今なら、きっとリセットを使うことができる。そのことを確信していた。

だが、春埼は尋ねる。

「ケイ。貴方は本当に、リセットしたいと思っているのですか？」

彼は頷く。

「もちろん」

浅井ケイの声は自信に満ちているように聞こえた。春埼には彼が自分を偽っているようにはみえなかった。でも、抵抗があった。

ひとつの推測が、意識から離れない。

「貴方は、リセットという能力を、嫌っているのではないのですか？」

「嫌う？　どうして？」

「リセットは、相麻菫を殺しました」

はっ、と彼は笑う。

周りのすべてを馬鹿にするような笑い方だった。

「そんなことはないよ。相麻菫は、事故で死んだ。リセットなんて関係ない。ただ、死んだだけだ」

春埼は彼の目を覗きこんだけれど、特別な感情はみつからない。いつもの彼と、どこも違わないようにみえる。

――そんなはずは、ない。

浅井ケイは相麻菫の死で、深く傷ついた。今もまだ傷ついている。春埼の目にどう映ったとしても、彼は無理をして笑っている。

――私はもう、彼を信頼している。

すべてではないかもしれない。でも、多くの点で。彼はきっと、とても上手に強がって笑う。

春埼は首を振った。

「リセットを使わなければ、相麻菫は、死ななかったのではないですか？」

浅井ケイは、軽く肩をすくめてみせた。

「知らないよ、そんなことは。たしかにリセットを使う前、相麻菫は事故に遭わなかった。リセットがなければ、彼女は今も生きていたのかもしれない。でも、それが一体どうしたっていうんだ」

「リセットが、危険な能力なら。使うべきではないと、思いませんか？」

浅井ケイがいちばん、そう考えているはずだ。春埼よりもずっと、相麻菫の死を悲しみ、苦しみ、リセットを嫌っているはずだ。

なのに彼は平然と答える。

「たしかにリセットは、人の未来を変えるのかもしれない。知らないうちにどこかの誰かを、不幸にしているのかもしれない。でも同じように、誰かを不幸から救っている可能性だってある」

浅井ケイの感情がわからない。

彼はこちらの顔を覗き込んで、微笑んだまま、続ける。

「春埼。君はリセットで人が事故に遭う確率と、リセットで人を事故から救う確率。どちらの方が高いと思う？」

「それは、わかりません」

「僕にもわからない。でもどちらも、同じようなものじゃないかな。たとえばリセットで一〇〇の人間が不幸になり、一〇〇の人間が幸せになるとする。それではなにも変わらない。プラスマイナスゼロだ」

「はい」

「でも僕たちがリセットの力で、ひとり誰かを助けたなら、幸せになる人間は一〇一になる。ひとりぶん、世界は幸福になる」

彼の言いたいことは、理解できる。単純な数字で、理解することができる。少し前までの春埼なら、あっさりと同意していたはずだ。

だが、今は抵抗があった。

――何人が幸せになろうと、関係ないのだ。

浅井ケイは無理をしている。何人救おうと、彼は不幸になる人間を忘れられない。リセットで誰かを救うたび、その陰で別の誰かが不幸になっている可能性を、否定できない。

リセットを使えば、浅井ケイが苦しむ。それが嫌だ。

春埼はじっと、浅井ケイの瞳をみつめていた。彼の本心を知りたいと願いながら。強く、強く願いながら。なのになにも、わからなかった。

浅井ケイは言った。

「たとえば、怪我を負って血を流している男性がいたとしよう。彼を救うことが、間違っていると思う？」

どうして彼がそんな話をしたのか、わからなかった。でも答えに迷う質問ではない。春埼は首を振る。

「いえ」

当然に、助けた方が正しい。

頷いて、浅井ケイは続ける。

「その男性は助かり、やがてどこかの女性と巡り合い、幸せな家庭を築いたとしよう。それが間違っていると思う？」

もう一度、春埼は首を振る。

「いえ」

彼は笑う。

「でもね。男性を救わなければ、女性は別の人と巡り合ったかもしれない。もっと幸せな家庭を築いたかもしれない。その家庭に生まれるはずだった子供の命を、男性を救ったことで、間接的に奪ったのかもしれない」

ようやく、話が繋がった。

彼の言いたいことを理解しても、春埼にはなにも答えられなかった。

少しだけ強い口調で、浅井ケイは言った。

「能力なんて関係ない。すべての人の、すべての行動が、未来を変える。リセットだけが未来に干渉すると思っているなら、そんなものは自惚れだ」

春埼美空は、首を振る。

そんなことは関係ないのだ。

「誰かを助けるために、未来を変えて。そのせいで別の誰かが不幸になったとき、貴方は悲しむのではないですか？」

春埼が今、問題視しているのは、それだけだ。

浅井ケイが、眉を上げる。驚いたのだ、とわかる。初めて彼の瞳から、感情を読み取れた。だがそれもほんの短い時間のことだ。錯覚だと勘違いしてしまうくらいに。

結局は平然と、彼は答えた。

「当たり前だよ。誰も不幸にせず、ただ誰かが幸せになるなら、それよりも正しいことなんてない」

「それでも、リセットを使うのですか？」

浅井ケイは頷く。

「それも、当たり前だ」

強い口調。ふいに腑に落ちる。

――そうだ。当たり前だ。

理想に届かないことが、すべてを諦める理由にはならない。浅井ケイは、きっとそうだ。きっと、ずっと、そうだ。

ゆっくりとした口調で、彼は言う。

「できるなら僕は、幸せだけを作れるようになりたい。神さまが奇跡を起こすように、誰も傷つけない方法で、誰かを幸せにしたい」

春埼は頷く。だがそれは、リセットにはできないことだ。もっと、もっと、圧倒的に強い力が必要だ。

彼は続ける。

「でも僕に、そんな力はないんだ。力がなくても、ただ傍観しているのは嫌だ。誰かを傷つけても、それより大勢の人を助けたいんだよ」

もう一度、春埼は頷く。

「私も、それが正しいのだと思います」

浅井ケイは、最後まで笑っていた。おそらく感情をいくつも押し殺して。でも春埼には誠実に聞こえる声で、言った。

「だから、春埼。僕に協力して欲しい」

春埼は軽く、唇を噛む。

――そうだ。彼を疑う理由なんて、初めからなかった。

もしもいくつもの言葉が、リセットを使わせるための嘘だとしても。なにもかもすべて、説得のために用意された心のこもっていない言葉だったとしても。

最後まで彼が演技を続けていたのだとしても、本当は心の底からリセットを嫌ってい
たとしても、それでいいのだ。

――彼が嘘をつくのなら、私はそれを信じよう。

だって彼は、嘘でもこちらを説得するのが正しいのだと決めたのだから。彼の言葉で
はない。その先の、もっと大きな。彼の思考そのものを、頭から信じることを躊躇う必
要なんかない。

「わかりました」

春埼は彼をみつめる。

「ケイ、指示をください」

浅井ケイは、まっすぐにこちらをみつめ返す。

悠然と、世界に対して宣言するように、言う。

「春埼。リセットだ」

たったひと言。それだけで、世界は再び、構築される。

5

リセットによって再現されたのは、九月一三日の午後五時一五分ごろだった。

浅井ケイは手早く奉仕クラブの仕事を終わらせた。管理局員を兼ねる教師に会い、手短に説明した。もうすぐ幼い男の子が能力を使って、仲の良い女の子を傷つけてしまう。

その男の子は、自分の能力がどういったものか、まだよく理解できていない。

ほんの二分程度の会話で、浅井ケイと春埼美空の、最初の奉仕クラブ部員としての仕事は終わった。これでひとつの事故が消えるはずだ。能力によって傷つくはずだった女の子と、女の子を傷つけたことで傷つくはずだった男の子が、共に笑って過ごせる世界になったはずだ。でも別の誰かが、ケイの知らないところで、リセットによって不幸になっているのかもしれない。

それが正しいことなのか、ケイにはよくわからない。

いつだってそうだ。わからないまま、なにかを選ばなければならない。できる限り注意深く、でもいつまでも悩み込んでもいられない。きっとその選択肢を間違えたから、相麻菫は死んだ。

相麻菫を殺したのは、リセットではない。

――つまらないことで春埼にリセットを使わせた、僕がいけなかった。失敗だ。大きな、取り返しのつかない失敗だ。いくら反省しても足りないし、後悔しても足りない。後悔する資格さえないような、失敗だ。それでも。

だからといって、いつまでも膝を抱えてはいられない。リセットは――春埼美空の能力は、美しい。きっと誰かに手を差し伸べて、世界を今よりももう少しだけ幸せにできる力だ。

ケイはそれを、信じることを選んだ。

なにが正しいのかわからないまま、相麻菫の死を一欠片も取りこぼさないよう記憶したまま、リセットを使い続けることを選んだ。

＊

この日からケイは、自分自身にルールを課すようになった。

リセットを使うときには、「なにを変えるのか？」を明確にする。そしてその目的以外では、自身の行動を変えない。リセット前と同じ食事をして、同じ道を歩き、同じ時間に眠る。言葉のひとつまで、記憶の通りに再現する。

不必要に未来を変えてしまうのが、怖かった。

——能力なんて関係ない。すべての人の、すべての行動が、未来を変える。

それは本心からの言葉だ。でも、理性だけでは割り切れないこともある。能力で未来を変えることを、怖れずにはいられない。

すでに経験した行動をもう一度繰り返す生活は、味気ないものだった。

なんだかつまらない劇を演じているような気分になる。言葉も、表情も、空の色も、周囲の何もかもが、レプリカにみえてくる。ケイの記憶の中にだけある脚本を踏み外さないように過ごすのは苦痛で、でもその苦痛に救われもした。苦しいあいだずっと、相麻菫と、彼女の死を考えていた。

リセットから二日後——二度目の九月一五日、水曜日。

その放課後、ケイは春埼がいる教室に向かった。

リセット前のこの時間、ケイと春埼は、奉仕クラブの最初の仕事を受けた。その関係で、屋上へと続く階段でふたりは顔を合わせた。でも今回は、奉仕クラブの仕事そのものが、リセットで消えている。

だから彼女に会いに行こう、と思った。またあの階段で、話をするために。リセット前とは理由が違っても、同じようにこの時間を彼女と過ごそうと決めた。

春埼のクラスはホームルームが長引いている様子だった。ケイは廊下の壁にもたれかかり、窓越しに彼女の席をみる。彼女は背筋を伸ばした綺麗(きれい)な姿勢で、まっすぐ前を向いている。

――今もまだ、春埼は人形みたいに綺麗だ。

そう思って、ケイは内心で笑う。直後に彼女は瞬きをした。作り物ではないことを証明するように。それから視線を、こちらに向ける。春埼美空と、目が合った。

彼女の表情は、やはり変わらない。だが少しだけ驚いているような気もした。

ケイは微笑み、南校舎の方を指差す。それから口を開けて、でも声は出さずに言った。

あっちで待ってるよ、と。

春埼は頷く。きちんと意味が伝わったのだろう。

教室に背を向け歩き出す。リセットの前、ケイはあの廊下にいなかったのだから、さっさと立ち去った方がいい。それに廊下で女の子が出てくるのを待っているのは、なんだか気恥ずかしかった。

多くのクラスが、もうホームルームを終えているようだ。教室を出た生徒で溢れる廊下は騒がしい。その喧騒の間を潜り抜けるように歩きながら、ケイは考える。

――春埼がやってきたら、リセット前にあったことを、すべて伝えよう。

それはとても難しいことのように思えた。リセットの直前、春埼の声はいつも通りに静かでも、その言葉はとても感情的だった。ケイにも彼女の内面をすべて理解することはできない。

でも、できるだけ正確に、彼女は事実を知るべきだ。彼女自身の意思ではリセットを使えなくなったことについて、きちんと知るべきだ。

相麻の死で傷ついたのは、ケイだ。だがケイが傷ついたことで、春埼も傷ついた。自身の能力を歪めてしまうくらいに、深く。

その傷を癒す方法に、ケイはひとつだけしか思い当たらない。まずはケイ自身が、救われなければならない。失敗を消し去る必要がある。

――僕は、相麻菫を生き返らせる。

そんなことが、可能だろうか。わからない。でも咲良田には無数の能力がある。死んだ少女を生き返らせることが、不可能だとは断言できない。

階段を上り、渡り廊下の辺りまでくると、周囲に他の生徒がいなくなった。

ケイは右手をポケットに突っ込む。携帯電話を取り出して、そこについていた猫のストラップを取り外す。

このストラップを春埼にプレゼントしようと決めていた。彼女の手元にこのストラップがあるのなら、なんだか納得できるような気がした。それに彼女にも、できれば携帯電話を持ってほしい。

ケイは相麻菫を救える能力を探している。能力に関する情報を集めるには、奉仕クラブの仕事をこなすのがいちばんだ。奉仕クラブの仕事は、ケイと春埼が共に行うことになるはずだ。それなら連絡は取りやすい方がいい。

――いや。それだけじゃない。

ケイは笑う。意図して、でもきっと本心で。

歩きながら、手の中のストラップに視線を落とす。

ストラップ——直訳すると紐(ひも)だけど、動詞として使えば「縛りつける」という意味にもなる。

春埼美空に猫がついたストラップをプレゼントするというのは、象徴的な意味を持つように思えた。この二週間ずっと浅井ケイは、相麻菫の死と、そして春埼美空のリセットに縛られていた。それはこれからも、もうしばらく変わらないだろう。おそらくはケイが、彼女を同じように、春埼美空もきっと、なにかに縛られている。

縛りつけている。そのことを受け入れようと決める。

相麻菫は？　彼女もなにかに、縛られていたのだろうか。彼女は猫を連想させる。野良猫のような少女。不敵で、孤独で、気まぐれで、そしてなんだか切実な——ケイにはそうみえていた女の子。

そんな彼女もなにかに縛られ、死んでしまったのだろうか？

浅井ケイは、南校舎の屋上へ向かって進む。

ほんの少し前まで、彼女がいた場所へ。今はもう開けない扉の手前へ。強固な力で縛りつけられたように、一歩ずつ進む。

「さよならがまだ喉につかえていた」了

特別収録

ホワイトパズル

1

浦川さんは不思議な女の子だ。

彼女に出会ったのは、小学三年生の夏休みだった。街のはずれにある、幽霊が出ると噂される洋館に、僕が忍び込んだのがきっかけだ。たしかにそこは夜な夜な着飾った幽霊たちがダンスを踊っているような、重厚で古風な洋館だった。半年ほど前まで暮らしていた一家が事故に遭ったとかで、今は誰も住んでいないことを、僕は知っていた。洋館に忍び込もうと決めたことに、はっきりとした理由はない。冒険心というのでもなかった。ただ少しだけひとりきりになりたくて、洋館のことを思い出した。きっと小学三年生には小学三年生なりの悩みがあったのだろうと思う。でも、そんなものはもう忘れてしまった。

七月の暑い日に、僕は自転車をこいでその洋館に向かった。当時の僕がどれくらいのスピードで自転車をこいでいたのかも、今ではもう思い出せない。三〇分ではたどり着けないけれど、一時間はかからない。それくらいではないかと思う。

入り口には鍵のかかった門があったけれど、それは僕の身長よりも少し低いくらいで、よじ登ることは難しくなかった。庭に下りて、僕は熱い息を吐き出した。どうせ建物の中には入れやしない、外からはみえない木陰を探してしばらく休んで、気が済んだら帰ろうと考えていた。けれど洋館に近づいてみると、窓ガラスの向こうのカーテンが揺れているのに気がついた。本当に、幽霊がいるのだろうか？　さらに近づくと、窓がわずかに開いていて、風が入っているのだとわかった。

日はまだまだ高い。こんな時間から出てくる幽霊もないなと、僕は空を見上げてひとりで笑う。まっ白な入道雲が眩（まぶ）しかった。

窓が開いているのだから、中に人がいる可能性に思い当たってもよかった。小学三年生にだってそれくらいの想像力はあるはずだ。でも不思議と僕は、その窓が、ずいぶん昔から開きっぱなしになっているのだと思い込んでいた。理由はわからない。あるいは洋館が静かすぎたからかもしれない。木の枝が、幹から伸びているときと切り離されて転がっているときではまったくの別物であるように、その洋館は人が暮らす場所が持つ精気のようなものをすでに失っていた。呼吸を止めて、ゆっくりと時間の流れにその身を削られているようだった。

僕は窓の隙間に両手の指を差し込んでスライドさせて、そこから中に入った。床にはうっすらと埃（ほこり）が積もっていた。僕が足を踏み出すと、妙に乾いた足音が響いた。足を止めるとそれも消えて、あとには静寂だけが残った。それは沈黙でさえない。無音の向こうになんの気配も感じない。先ほどまで煩わしいくらいだったセミの声も、とたんに遠くへいってしまったように感じた。僕は満足して洋館の中を進んだ。ここでは誰かに対して、息を潜める必要もないのだ。

　廊下を抜けて玄関に出ると、大きな階段があった。それを上ると、また廊下。左右にいくつも並ぶ扉の中で、右側の、奥から二番目だけが開いていた。

　その部屋を覗き込む。こぢんまりとしたベッドと、引き出しのついた机がある。それに右手の壁に、はしごが掛かっている。はしごは天井にあいた四角い穴に通じている。おそらく屋根裏部屋というやつだろう。なんともわくわくする話だ。

　そういう風にして、僕は大きな洋館のてっぺんにある、ほんの小さな屋根裏部屋に到達した。三角形にとんがった天井が気に入って、僕は床に寝転がった。どうやらいつの間にか眠っていたようだと気がついたのは、目が覚めてからだった。

　まぶたを開くと、ショートカットの女の子がみえた。彼女は僕の頭の先、仰向けに寝転がっていても視界に入るくらいすぐ近くに立っていた。僕と同じ、小学校の中学年くらいだろう。その子は足元の水たまりを確認するような、無感情な顔つきでこちらを見下ろしていた。

「だれ？」

　と、僕は尋ねた。

　寝起きだったこともあるのだろう、よく状況を呑み込めなかった。

「それはこちらの台詞ですよ。いったい、どこから入ってきたのです？」

僕はようやく、他人の家に、勝手に上がり込んだのだと思いだした。あまりに居心地がよかったから、なんだかこの空間が僕のものになったような錯覚に陥っていた。

慌てて体を起こして、ともかく謝る。

「ごめん。誰もいないと思ったから」

「誰もいないところになら入ってもいいのですか？」

「いや、そういうわけじゃないけど。でも迷惑はかからないと思ったんだ」

彼女はいろんなものをすべて投げ出すような、盛大なため息をついた。

「ま、いいです。たしかに、迷惑だというわけではありません」

正面から向かい合ってようやく、息を呑むくらいに綺麗な女の子だと気づいた。同年代の女の子を、可愛いではなく綺麗だと思ったのは、それが初めてだった。

彼女はやはり、興味もなさそうに言う。

「貴方、名前は？」

「僕はツミキ。積み上げる木と書いて積木」

「変わった名前ですね」

「ぜんぶオモチャの積み木が悪いんだ。それさえなければ、とても普通の名前だよ」

「なるほど。そうかもしれません」

「きみは？」

「私は、そうですね。幽霊のようなものです」

僕はその言葉を、とても自然に信用した。教科書に書かれた算数の公式を読み上げるのと同じように、それは疑いの余地がない事実に思えた。三角形の面積を出すときは、底辺に高さをかけて2で割る。四角形の内角の和は360度になる。この女の子は幽霊だ。

「では、ツミキ。貴方はカルピスを飲みますか？」

そう言って彼女は、少しだけ首を傾げた。

カルピスを飲んでいるあいだに、この綺麗な女の子が浦川さんという名前なのだと知った。僕たちは小さな屋根裏部屋で向き合って、色々な話をした。ふたりは同じ歳で、同じ星座で、でも血液型は違っていた。

浦川さんは半年ほど前に事故で両親を亡くし、今は祖父の家に引き取られているそうだ。だけど夏休みの間だけは、この家に帰ってくることにしたらしい。

彼女は言った。

「私はとても不安定なのです。それこそ、幽霊みたいに」

上手く呑み込めなくて、僕はそのまま尋ね返す。

「不安定？」

彼女は頷く。

「どうしても今いるここが、私の居場所だとは思えないのです。たとえばこの世界のすべてが歯車でできているとして。大きな歯車や小さな歯車が、それぞれ関係し合って回転しているとして、私はその中のどれにも噛み合っていないような気がするのです」

その気持ちは、よくわかった。

僕が洋館に忍び込んだ動機のようなものを無理に言葉にすれば、ほとんど同じになるだろう。僕は不安定で、自分の居場所がわからなくて、だからひとりきりになりたかった。

「誰だって、似た感覚を持っているんじゃないかな?」

言葉にできなくても、サイズやそれを感じる頻度は別々でも。教室で、校庭で、友達との帰り道でふと、同じような気持ちになることがあるはずだ。

でも浦川さんは首を振る。

「その多寡が問題なのです。私の中でこの感覚は、あまりに大きすぎるのです。ついうっかり、現実に作用するくらいに」

「なんだか難しい言い回しを使うね」

「すぐにわかりますよ。私がどれほど不安定なのか」

僕は翌日も、その翌日も、洋館を訪れて浦川さんに会った。

彼女の言葉の意味を理解したのは、三日目のことだった。

そのとき僕たちは、宇宙の終わりについて語るような、なにか漠然とした会話をしていた。誰もが考えずにはいられない、けれど理性で心の奥に押しとどめておく種類の、わざわざ言葉にする必要もないようなことを話し合っていた。浦川さんと古い洋館の屋根裏部屋には、自然にそういうことをさせる魔力のようなものがあった。

彼女は言った。

「人は誰しも生まれた瞬間に、もっとも多くの可能性を持っているものです。あとはただ、失うだけ」

「どれほど努力を積み上げて、知識や技能を身につけても？」

「はい。成長も可能性を限定する行為のひとつです。有能な人間は、初めからそうなれる可能性を持っていたのです。そして無能になる可能性を排除した人間が、有能だと呼ばれます」

なるほど、と僕は頷く。

「そして――」

そういった浦川さんは、右手でそっと、頭を押さえた。

どうしたのだろう？

声をかけようとしたとき、彼女の輪郭が、わずかに揺らいだような気がした。次に彼女の身体の向こうが透けてみえた。僕は浦川さんの言葉を思い出していた。――幽霊のようなものです。

浦川さんの姿は、ゆっくりと時間をかけて霞(かす)んで、消えて。

次にそこにいたのは、高校生くらいの女性だった。

浦川さんだ、と僕は思った。それは成長した浦川さんだ。髪をずいぶん長く伸ばしているから、少し印象が違う。でも。白い肌、夜空みたいに艶やかな黒髪、病的に美しい瞳。浦川さんの他に、こんなに綺麗な女の子はいない。

彼女は続けた。珍しく笑みを浮かべて。それは鮮明で、冷たい笑みだった。

「そして人は、すべての可能性を失うことを、死と呼ぶのです」

浦川さんは、自身を幽霊のようなものだと言った。名前よりも、学年よりも先に、そう説明した。では彼女はすべての可能性を失っているのだろうか？

ひどく澄んだ声が聞こえる。透明な声。

「ここが上限です。私に、この先はない」

意味がわからない。なんだか怖ろしい。

「失くしたピースはみつかるでしょうか。それだけが気掛かりです」

彼女の右手の中指に、絆創膏が巻かれていることに気づいた。黄色くて、コミカルなクマのイラストがプリントされた、彼女に似つかわしくない絆創膏だ。

彼女の姿がまた揺らいで、次に現れたのは見慣れた、ショートカットの浦川さんだった。僕は呆気に取られていた。彼女は平気な様子でポケットからメモ帳を取り出して、そこにボールペンでなにか書きつける。僕はつい、そのメモ帳を覗き込む。――未来、一五歳、夏。とそこには、意外と丸っこい字で書かれていた。

それから彼女は、こちらに視線を向けた。

「今、未来の私が現れましたね？」

尋ねられて、僕は頷く。

「私は不安定なのです。うまくこの時間で生きることができません。たまに揺らいで未来や過去の私と入れ替わるのですよ」

それはあまりに現実味のない話だ。でも、浦川さんなら。この不思議な女の子ならそういうこともあり得るかもしれない。

「私はなにか言っていましたか？」

僕は彼女の言葉を反復する。

「人は、すべての可能性を失うことを、死と呼ぶ」

「他には？」

僕は続きを口にする。

「ここが上限。私にこの先はない」

浦川さんは珍しく、驚いたように瞳を大きくした。

「そう、私が言ったのですか？」

「うん。あとは、失くしたピースが気掛かり、かな。それだけだよ」

彼女は眉根(まゆね)をきゅっと寄せる。眉間(みけん)に入った皺(しわ)まで綺麗で、僕はそれにみとれる。

「その私は、どんな外見をしていましたか？」

「白いブラウスに深い藍色(あいいろ)のスラックス。髪は背中の真ん中くらいまで伸びてた」

「歳は？」

「たぶん、高校生くらいだと思う。はっきりとはわからないけど」

「ほかになにか気づきましたか？」

そう尋ねられて、僕は思い出す。

「右手の中指に、絆創膏をしてたよ。黄色くて、クマのイラストがついてた」

「なるほど」

彼女はすっと目を細める。

それから笑った。未来の彼女がそうしたように。

「興味深いですね。とても、とても興味深いです」

鮮明で、冷たい笑みを浮かべた。

＊

これがだいたい、七年前の話だ。

夏休みの間、ぼくは毎日あの洋館まで自転車を走らせ、浦川さんに会った。帰るときには「また明日（あした）」と声をかけ、彼女もそれに「また明日」と答えた。夏の終わりが訪れると、次の夏に会うことを約束した。いつも僕が提案して、浦川さんが頷いた。電話番号を交換しているけれど、彼女に電話をかけたことは一度もない。

秋も、冬も、春も。僕は夏の屋根裏部屋のことを考えて過ごす。

高校生になった今でも、それは変わらない。

浦川さんはやっぱり不安定で、たまに未来の姿になったり、過去の姿になったりするけれど、でもそんなことで彼女の魅力が損なわれはしない。

2

浦川さんに起こる現象について説明しよう。あの、不安定に揺らいで別の時間の彼女が現れる現象について。

それは浦川さんの意思にかかわらず、自動的に発生する。いつ発生するのかはわからない。年がら年中二四時間、いつだってそれは唐突に起こり得る。頻度は三日に一度ほどで、予兆として頭痛がするのだという。

僕たちは浦川さんに起こる現象を、「入れ替わり」と呼んでいる。

浦川さんは別の時間の彼女と入れ替わる。ほんの短い時間、現在の浦川さんが過去や未来に行って、過去や未来の浦川さんが現在にやってくる。どの時間の彼女と入れ替わるのかはわからない。僕たちが会うのは夏休みの間だと決まっているけれど、入れ替わって現れる浦川さんがマフラーを巻いていたことだってある。

入れ替わっているのだから、浦川さんと別の時間の浦川さんが出会うことはない。基本的に世界には、たったひとりだけ浦川さんがいる。でもこれは絶対的なルールではないようだ。ただ一度だけ、例外が起こったことがある。

それはたしか三年前、僕らが中学一年生の夏だった。

いつものように揺らいで消えた浦川さんのあとには、どの時間の浦川さんも現れなかった。僕はこの世界から浦川さんが消え去ってしまったのだと思った。本当にそう思ったのだ。でも数秒後には、いつも通りの浦川さんが戻ってきた。現在の浦川さんが消えて、また現在の浦川さんが現れた。

彼女は不機嫌とも上機嫌ともつかない、奇妙な表情をしていた。少なくとも、いつもの無表情ではなかった。つるんとしたショートカットの下で、口元に力を込めていた。

僕は尋ねる。

「いったい、なにが起こったの？」

彼女は答える。

「当たり前のことが、当たり前に起こっただけです」

意味がわからなかった。

このときのことを話題に出すと、なんだか彼女が無口になるので、ことの真相は不明だということになっている。

＊

夏休みの日中は、たいてい屋根裏部屋で過ごす。その日も僕は勝手に持ち込んだクッションを胸の下に敷いて、うつぶせに寝転がっていた。そしていくつものジグソーパズルのピースを手に取り、あれこれと完成した部分の隣に当てはめていた。

それは奇妙なパズルだった。すべてのピースがまっ白で、なんのイラストも描かれていない。そんなピースがちょうど1000個ある。完成すると縦の長さが75センチ、横の長さが50センチの白い長方形になるようだ。

このパズルは三年ほど前に、浦川さんが買ってきたものだ。初めてみたときは、こんなものいったい誰が作るのだろうと思ったけれど、僕と浦川さんはすでにその八割ほどを埋めていた。

ふたりで互いにひとつずつ交代してピースを埋めることに決めていて、今は僕の順番だ。浦川さんは壁にもたれかかり、なにかハードカバーの本を読んでいる。表紙には僕が知らないアルファベットの単語が書かれている。

「ツミキ」

と声をかけられて、そちらをみるといつの間にか、彼女は幼い浦川さんと入れ替わっていた。小学校の高学年といったところだろうか。最近は入れ替わると、決まって小さな浦川さんが現れる。彼女の髪が、少しだけ濡れているのが気になった。

「この時間の私は、何歳でしたか？」

そう問われて、僕は答える。何度も受けてきた質問だ。

「一五歳だよ。高校一年生で、誕生日はまだ先だから」

彼女は満足げに頷いて続ける。

「いったい、なにをしているんです？」

「たかが厚紙で満足感を得られる、とっても生産的な行為だよ。きみも中学生になったらわかる」

「私との仲は良好ですか？」

「少なくとも、僕は良好だと思ってる。そっちは？」

「私は良好だと思っています」

「よかった。もしかしたら内心で嫌われてるんじゃないかと、ひやひやしてたんだ。ずっと昔から」

彼女は再び頷いて、そして消えていく。

次に、高校一年生の彼女が戻ってきた。

「今の私も、貴方との仲は良好だと思っていますよ」

僕は苦笑いを噛み殺す。

「きみはとても記憶力がいい」

彼女にとっては何年も前の、ほんの数秒間の会話を、浦川さんは覚えているのだ。入れ替わりが起こるたびに、彼女が習慣的に続けていることがある。ポケットからメモ帳とペンを取り出して、入れ替わった先を書きつけるのだ。たとえば「過去、一一歳、夏」という風に。

その姿を横目でみながら、僕は新しいピースに手を伸ばす。みっつほど試してみたけれど、どれも上手くあてはまらない。メモを書き終えた浦川さんは、またハードカバーを手にとる。

ページをめくる音が聞こえた次に、彼女が小さな声をあげた。「あ」と「お」の中間くらいの、あやふやな声だった。

「どうしたの？」

僕はパズルから顔を上げる。

彼女はぼんやりと指先を眺めていた。右手の、中指だった。

「ページで指先を切ってしまったようですね。どうということもありません」

僕は起き上がって、彼女に近づいた。小さめの歩幅で三歩ほど。その間にジーンズのポケットに手をつっこみ、目的のものがちゃんと入っていることを確認する。

「でも、ページをめくるときに痛いでしょう？」

僕が取り出したのは、黄色い絆創膏だった。今朝、本屋で買い物したときにもらったのだ。エンターテインメント色の強いミステリの文庫本と黄色い絆創膏の関係性は、まだどの探偵も解き明かしていない。

彼女の手を取って、指先に絆創膏を巻く。こういう機会でもないと、彼女に触れることなんてできはしない。

「ありがとうございます」

そういって、彼女はじっと指先をみつめた。ほんの数センチ視線が下にずれていたなら、手相をみて自身の未来を占っているようでもあった。

「クマのイラストがプリントされていますね」

僕は再びパズルに戻って、適当なピースを手に取る。

「そうだったかな？　よくみてなかった。もらい物なんだよ、それ」

何気なくパズルのピースを置くと、それはすぽんと入って、綺麗に納まった。とても秩序的に、正しいものが正しい居場所をみつけた快感。こういうことを喜べるとき、僕は性善説を信用してもいいような気持ちになる。

「きみの番だよ」

浦川さんはきちんと本にしおりを挿んで、こちらにやってくる。僕はクッションを枕にして仰向けに寝転がり、その辺りに投げ出していた文庫本を手に取る。

「わりと重要な話があります」

と、浦川さんは言った。

「なんだろう？」

僕は体を起こす。

「おそらく、パズルのピースが足りません」

あちこちが欠けた白い長方形に、僕は視線を向ける。

「数えてみたの？」

「いえ。ですが、パズルのピースがなくなることは、七年前から予言されていました。この絆創膏を巻いた私によって」

彼女は右手をこちらにみせた。

「それは大変だ」

このパズルには、ずいぶんな時間を費やしたのだ。完成してもただのまっ白な、薄っぺらい板にしかならないことはわかりきっているけれど。それでももしかしたら最後のピースをはめ込んだとたん、美しい女神の姿が浮き上がるくらいの奇跡なら起こるんじゃないかと期待するくらい、完成を楽しみにしていた。

「それから、もうひとつ」

彼女は、パズルのピースを数えながら言った。

「たぶん私は、そろそろ消えてなくなります」

一緒にピースを数えながら、僕は以前、浦川さんから聞いた話を思い出していた。彼女がまだ小学二年生だったころのことだ。浦川さんはこの洋館で、家族と共に暮らしていた。優しい母親と物静かな父親が彼女の隣にいた、まるで神話みたいな時代の話だ。

冬の、夕暮れ時だった。浦川さんと彼女の両親は、少し離れた場所にあるレストランに向かうため、車に乗り込んだ。運転席に父親、助手席に浦川さん、後部座席に母親が乗った。

車は住宅街の幅の狭い道を抜けて、国道に出ようとしていた。信号が赤になったので停まり、青になったので進みだした。その直後、大きなクラクションが聞こえて、彼女の視界がまっ黒に染まった。

目を覚ましたとき、浦川さんは病院のベッドの上にいた。当時のことは、彼女はあまり覚えていないのだという。真横から大型の乗用車が、浦川さんたちの乗った車にぶつかった。救急車がやってきたときにはもう、父親も母親も、息をしていなかった。それだけの単純な話を、何度も繰り返し聞いたような気がする、と浦川さんは言った。

退院できたのは、それからひと月も経ってからのことだった。両親はすでに骨になっていた。強く頭を打っていたことが原因で、なかなか病院を離れられなかった彼女は、両親の葬儀にさえ参列していない。

退院した浦川さんは、祖父の家で暮らすことになった。彼女は自身の祖父について、何事に関しても無関心な人なのだと語った。祖母はすでに他界していたので、彼女はあまり親しくもない祖父と、ふたりきりで生活することになった。

その、最初の夜。浦川さんは部屋の隅に座り、色々なことを考えたのだという。

まず両親の不在について。次に死について。それから泣くべきなのだと考えて、涙が流れない理由について考えた。最後に、自分がいる場所に、あまりに現実味がないことに思い至った。

私が知っている夜とはこういうものだっただろうか。私が知っている現実とはこういうものだっただろうか。私が知っている私とはこういうものだっただろうか。すべてが違うように感じた。白いものが白にみえず、黒いものが黒にみえなかった。

そのとき浦川さんには、なにもかもがわからなくなっていたのだと僕は思う。なにかひとつでもわかれば、涙を流すことができたのだ。それだけで彼女は、ただの女の子に戻れたのだ。きっと、そういうことだと思う。

だけど彼女には、自分を自分だと認識することもできなかった。今、自分がどこにいるのか、本当にここにいるべきなのか、どうしても理解できなかった。

僕は浦川さんの姿を想像する。小学二年生の、冬の夜に独りきりでいる浦川さんの姿を。彼女は表情もなく、じっと部屋の隅に座っている。やがて彼女は自身の額に手をあてる。はじめ感じたのは痛みというよりも、揺れるような感覚だった、と彼女は言う。酔いに似たその感覚が、やがて頭痛に変わり、激痛になって意識を掠(かす)れさせる。

私はこのまま消えるのだ、と浦川さんは確信したそうだ。なんだかそれが、いちばん自然な結末のように思って、悲しくもなかったと彼女は言う。

でも浦川さんは消えなかった。

ただいつの間にか、周囲の様子が変化しているのに気づいた。

彼女は自身が生まれ育った洋館にいた。窓の外からは熱い光が差し込み、セミの声が聞こえてくる。床にはうっすらとほこりが溜まり、家の中には誰の気配もない。

そのとき彼女は、かつての自分の居場所に対して、懐かしさや淋しさ、悲しみなんかを覚えるべきだったのだ。そしてできるなら、涙を流すべきだったのだ。

でも彼女は、やはりなにも感じなかった。その洋館さえもが、自分の居場所だとは思えなかった。やがて気がつくと、再び彼女は、祖父の家の一室にいた。

それが浦川さんの体験した、最初の入れ替わりだった。

「やはり、ひとつ足りません」

と、現在の浦川さんは言った。

何度数えなおしても、パズルのピースは999個しかない。

僕はようやく、初めて浦川さんの入れ替わりに遭遇したときのことを思い出した。七年前のことだ。

あのとき現れた浦川さんは、たしかに黄色い絆創膏を、右手の中指に巻いていた。クマのイラストがプリントされた絆創膏だった。そして言った。——失くしたピースはみつかるでしょうか。それだけが気掛かりです。

パズルのピースをつまみあげる。1000分の1のピース。同じような1000分の

1が、どこかに消えてしまった。

浦川さんは、相変わらずの無表情で言う。

「わりと昔から予感していたことなのですよ」

彼女はパズルのピースを、指先でついた。細長い指。楕円形の爪。

「ツミキ、貴方も気づいていたでしょう？　私が揺らいで入れ替わるとき、現れるのは小学生から高校生までの私です。下限は八歳。初めて私が入れ替わった歳ですから、それは間違いありません」

もちろん、それについては考えた。小さな浦川さんが何度も年齢を確認するから、気にしないわけにはいかなかった。

彼女はピースのひとつを、これまで作り上げてきたパズルの端に当てる。よく似た形の凹凸だけど、それはかみ合わない。彼女は言った。

「では、上限は？」

僕は返事に躊躇う。

浦川さんはそれまでつまんでいたピースをことんと落とし、次のピースに手を伸ばす。彼女に聞こえないように、注意深くため息をついて、僕はようやく答える。

「僕が知っている限りでは、上限は一五歳だね」

つまり、今の歳の浦川さんだ。

「以前から、ずっと考えていたことでした。どうしてそれよりも未来の私と入れ替わることはないのだろう、と」

　なんだか彼女の声を、聞いていたくなかった。

　なのに、彼女は言った。

「きっとその辺りで、私は消えてなくなるのでしょう」

「消える？」

「つまり、私に終わりが訪れる、という意味です」

　彼女はじっとピースをみつめている。

「私の終わりが、どういう風な形をしているのかはわかりません。交通事故で命を落とすのかもしれないし、知らない間に重大な病にかかっているのかもしれない。こんな奇妙な性質を持っているのですから、ただ単純に消え去ってしまう可能性もあります」

　不安定に揺らいでいる、幽霊みたいな浦川さん。

　シンプルに消え去るのが、いちばん似合っているな、と思う。夜道への恐怖に似た、本能的な感覚で、彼女が消えてしまう可能性には現実味がある。

　僕は首を振る。

「そうとは限らないよ。たまたま、今まではあんまり未来の浦川さんが現れなかっただけかもしれない」

「本当に、そう思いますか？」

「可能性はゼロじゃない」

「でも、極めてゼロに近い」

彼女の言葉に、頷かないわけにはいかなかった。七年の間に何度、彼女の交代が起きたのだろう？　――三日に一度として、およそ八五〇回。その中に一度も含まれていないのなら、確定的だ。

「貴方は覚えていますか？　他人事ならそう答える。七年前に、この絆創膏をした私が貴方の前に現れたとき。ここが上限、と言ったそうですね」

僕は頷く。忘れていたけれど、もう思い出した。

浦川さんは続ける。

「それはつまり、私の入れ替わりが、その時点で終了したのだと考えられます」

入れ替わりの終了。

「未来のきみは、どうしてそんなことがわかったんだろう？」

「簡単ですよ。一五歳よりも先の、つまりは今よりも未来の私と入れ替わることがないのなら、単純に数を数えればわかります」

たしかに単純な話だ。

たとえば九歳の浦川さんが、一四歳の浦川さんと入れ替わったとする。この場合、浦川さんが一四歳まで成長したとき、必ず九歳の浦川さんと入れ替わる。未来と入れ替わったのと同じ回数だけ、いずれは過去と入れ替わる。ふたつの数がイコールにならなければ、つじつまが合わない。

「私のメモによると今までに、現在よりも未来の私と、七回入れ替わっています」

あと七回。

それが終了すると、もう過去とは入れ替わらない。それよりも未来と入れ替わったことは、今までに一度もない。彼女の入れ替わりが終了する。

「別に入れ替わらなくなるからって、きみが消えてなくなる必要はないじゃないか。ただ、普通の女の子に戻るだけかもしれない」

入れ替わらない、不安定ではない浦川さんに。

「でも、私には他の可能性を想像できないのです。それにすでに、証拠のようなものもあります」

「証拠？」

「私はおそらく、すでに私が消えたあとの時間をみています」

意味がわからない、と言えたならよかった。

でもひとつだけ、思い当たることがあった。三年前に浦川さんが消えて、なのに別の時間の彼女は現れなかった。

「あのとき入れ替わった先に、私はもう存在していなかったのでしょう。だから、あの不完全な入れ替わりが起こった。もしかしたらあのときにみたものが、私が消えた直後の光景だったのかもしれません」

当たり前のことが、当たり前に起こっただけです。と彼女は言った。

思えばあの日、浦川さんの中で、なんらかの大きな変化が起こったのだろう。1000ピースもあるまっ白なパズルを買ってきたのも、髪を伸ばし始めたのもそのすぐあとだった。

僕は首を振る。

「きみに、消えてほしくはないよ」

彼女は珍しく、微笑む。

「あるいは、もし貴方の言葉で、私が心の底から消えたくないと思えていたなら。私はここに留まることができたのかもしれません」

でも、と浦川さんは言った。

あまりに綺麗で、胸に刺さる笑顔のままで。

「心残りなのはパズルだけです。できるなら完成させたい」

僕は息を吸う。それから吐き出す。

ゆっくりと時間をかけて、なんとか言葉を探す。

「まだきみがいなくなると決まったわけではないけれど、ともかくパズルは完成させたいね」

浦川さんは笑みを消す。

いつもの無表情が、なんだか安堵しているようにもみえた。

「そのためには、失くしてしまったピースを捜し出さなければいけません」

「たしかパズルって、作ったところに連絡すれば、新しいピースを送ってもらえたと思うけど」

「はい。でもそのためには、何列何行目のピース、という風に指定しなければいけません。このパズルを完成させなければ、失くしたピースの位置はわかりません。完成させてから連絡して、ピースが送られてくるまで、私がここにいるとは限りません」

ひと呼吸おいて、彼女はつけ加える。

「それに、一枚の厚紙がばらばらになって、またひとつに戻るからパズルは美しいのだと思うのです」

僕は頷く。

「じゃあ、パズルのピースをみつけよう」

「ええ、早急に。とはいえ初めてツミキに会った日の私と入れ替わるまでは、みつからないことが確定していますが」

たしかに、もしもそれまでにパズルのピースがみつかっていたなら、彼女の台詞と矛盾する。あのときの彼女は、パズルのピースがみつからないことが気掛かりだと語ったのだ。

「でも、少なくともそれまでは、きみが消えてなくなることもない」

あと七回、彼女が入れ替わることは確定している。三日に一度と考えると、二〇日くらいは時間がある。

しかし彼女は、静かに首を振った。

「この二週間ほど、入れ替わりの頻度が増しています」

こちらをみる浦川さんの顔は、相変わらずの無表情だ。

「このところ、だいたい毎日起こっていますね」

僕は顔をしかめる。

「本当に？」

意識せず、そう呟いていた。彼女が嘘をつく理由なんかないのに。

「夏休みのあいだだって、貴方とずっと一緒にいるわけではありません。夜間や早朝によく入れ替わっていたので、気がつかなかったのは仕方のないことです」

それでも僕は、気づくべきだった。

浦川さんのことを、少しでも理解していたかった。

「さあ、パズルのピースを捜しましょう」

と、彼女は言った。


僕たちは、まず屋根裏部屋を捜した。床に目を近づけたり、遠くから部屋全体を見回したりした。崩さないように気をつけて、完成しているパズルの下も覗いてみた。

それから少しずつ、捜索の範囲を広げていく。屋根裏部屋に通じている部屋、二階の廊下、屋敷全体——

だけど、どこにもパズルのピースはなかった。

3

それからの数日間、僕たちはまっ白なパズルのピースを捜し続けた。洋館のすみずみを覗き込み、思いつく場所を片端から回った。

今年の七月下旬、浦川さんがこの洋館に戻ってきてパズルを再開した時点では、間違いなくすべてのピースが揃っていた。

あの時僕たちは、ふたりでピースをひとつひとつ数えた。そしてすでに632個のピースが組みあがり、未だ368個のピースが手つかずの状態であると確認した。それから今日までの、およそ三週間のうちに、ピースのひとつがどこかに消えてしまった。

僕たちは、ピースがどちらかの衣服に絡まって、遠くまで運ばれたのではないかと推測した。僕はこの夏に着たすべての衣類のポケットをひっくり返し、洗濯機の底を調べて、部屋の床を這いまわった。浦川さんはたまに散歩するコースをゆっくりと歩き、よく利用するスーパーマーケットの落とし物コーナーも訪ねてみた。家の外で落としたのなら、それは致命的な失敗になり得る。道端に落ちたパズルのピースひとつなんて、他の人からみればなんの価値も持たない。すでに捨てられ、燃やされていることも充分に考えられるけれど、だからといって捜すことをやめるわけにはいかない。

空が暗くなると、僕たちは屋根裏部屋に戻り、パズルの続きに没頭した。それでもふたりが交互に、ひとつずつピースを埋めていくというルールだけは守られた。

僕は白いピースをはめ込むことに、なにか儀式めいた強制力を感じていた。それはきっと僕と浦川さんのために、必ず行わなければいけないことなのだ、と考えていた。いつの間にか、極めて自然に。

好ましくない発想だ。その理由に、浦川さんの消失があることは明白だった。彼女が消えてなくなる前に、パズルを完成させたいと僕は思っている。

きっと、そういう風に考えてはだめなんだ。僕は決して、彼女を失わない。そのことを考え続けなければならない。

でも浦川さんは、どんどん不安定になっていくようだった。

指先に絆創膏（ばんそうこう）を巻いた翌日、彼女は再び入れ替わった。その日の夜に、もう一度。さらに次の日には、一日に三回も入れ替わった。まるでどこかの一点でつじつまを合わせるために、慌てて準備を調えているように。

パズルのピースを捜し始めて三日目の昼、僕たちは近所の神社を訪れた。一〇日ほど前に、ここで行われた夏祭りに顔を出していたのだ。

彼女は、顔を合わせるとまず言った。

「今朝も一度、入れ替わりました」

もう、六回目。

彼女は指先の絆創膏に視線を向ける。新しく巻きなおしたものだろう、綺麗な黄色の絆創膏だった。コミカルなクマのイラストがついている。できるなら僕は、別の絆創膏を使ってほしかった。その絆創膏は、なんだか彼女の消失の象徴みたいに思えた。でも彼女はあの絆創膏が欲しいと言って、僕にはそれを断れなかった。

「残りはあと、一度だけです。七年前、この絆創膏を巻いて、貴方の前に現れたあの一度だけ。もう時間はありません」

ふたりで一緒に金魚すくいの水槽を覗き込んだあたりの地面を調べ、並んでたこ焼きを食べたベンチの下に顔を寄せる。白いピースはどこにもない。

僕たちはそのベンチに腰を下ろして、ペットボトルに入ったカルピスウォーターを飲んだ。浦川さんと並んで飲むのはカルピスだと、七年前から決まっていた。

喉を鳴らしてそれを呑んで、彼女は「ツミキ」と僕の名前を呼ぶ。

「貴方はわりと、私の希望だったのです」

「希望？」

彼女はゆっくりと頷く。

「そう。私が生きていく上で、励みとなるもの。たとえば入れ替わりが起きる直前、私は頭痛を感じます。そのときにまず私がなにをするか、貴方は知っていますか？」

僕はカルピスのペットボトルを握り締める。

「わからないよ。なにか特別なことをしていたようには、みえなかった」

「それは貴方が目の前にいる場合だけです。ツミキ。本当は、答えに気づいているのでしょう？」

はぐらかそうかと考えて、やはり素直に答えることにする。

「身を隠す」

いきなり年齢が変わる姿を、他の人にみせるわけにはいかない。

「その通りです。私は自分の体に起こるこの奇妙な現象を、誰にも知られるべきではないと考えたのです」

それは胸が痛くなる話だ。彼女が初めて入れ替わりを体験したのは、まだ小学二年生のころだったはずだ。そんな事態に陥れば、僕ならまず家族に相談する。怖くて、心細くて、独りきりでは抱えていられない。

彼女は続ける。

「頻繁に入れ替わりが起きるとわかってからは、普段からなるたけ人目につかないようにしてきました。人通りの少ない道を選んで歩き、身を隠せる場所の確認を怠らないよう気をつけました。夏休みの間、ひとりであの家に戻ろうと決めたのも、それが原因なのです」

さすがに、気づいていた。彼女の生活の中心には入れ替わりがある。

たとえば浦川さんは、入れ替わりが起きた直後に、よく買い物に行っていた。病院に行くのも、バスに乗るのも、神社のお祭りに顔を出すのも。夏の終わり、彼女が祖父の家に帰っていくのも、決まって入れ替わりが起きたすぐ後だ。経験的に、入れ替わりは連続して起こらないことを知っていたからだろう。

――なのに、そのルールさえ崩れてしまった。

この数日間は一日に複数回、入れ替わりが起きている。

「私は、誰にも会いたくない。誰の視界にも入りたくないのです。例外は、ツミキ。貴方だけなのですよ」

それは、光栄だ。

本心からそう思った。でも口に出せるはずなんかなかった。

浦川さんはなんだか幼い動作で、首を傾げる。

「私が最初に貴方と会ったのがいつなのか、知っていますか？」

もちろん知っている。忘れられるはずもない。

「小学三年生の夏休みでしょ？」

でも。彼女はほんの少し、前髪が揺れる程度に首を振る。

「貴方にとってはそうでしょうね。でも、私は違います。その四か月ほど前――まだ、春休みのころです。私は入れ替わって、中学二年生の貴方に会っています」

なるほど。たしかに。

　幼い彼女が未来と入れ替わったなら、隣に僕がいても不思議ではない。

「そのときの驚きがわかりますか？　唐突に、目の前に知らない男性がいるのです。テーブルをはさんで、呑気にプリンなんか食べて。私は未来の自分を呪いました。あれほど独りでいようと決めたのに、なんて失敗を犯したのだ、と」

　考えてみても、そのときのことは思い出せない。僕は浦川さんのように、記憶力がいいわけではない。

「でも、貴方は平然と言ったのです。今回はずいぶん小さいね、と」

　覚えていない。たぶんプリンがおいしくて、そちらに気を取られていたのだろう。

「私が返事に困っていると、貴方は続けました。──きみの目の前には、すごくおいしいプリンがある。食べてもいいんだよ。入れ替わりが終了して、戻ってきた中学二年生の浦川さんが怒らないのなら」

　ああ、少し思い出した。

　なんだか戸惑った表情の、小さな浦川さんはとても可愛かった。

「結局私は、ひと言もしゃべれませんでした。再び元の時間に戻ってから、ずっと考えていたのです。成長して、中学二年生になって。あのプリンを食べたとき、もしおいしくなければ必ず文句を言ってやろうと」

「でも、おいしかったでしょう？」

「ええ。まったく、苛立たしい話です」

それはよかった。彼女を苛立たせるなんて、そうそうできることではない。

「それからあの夏休みまでに、私は三回、貴方に会っています。私と貴方が一緒にいるのは、夏休みの日中だけですから、確率的にはあまり高くないのです。私はいつの間にか、入れ替わった先に貴方がいればいいと望むようになっていました」

「なにしろ、気が楽だからね」

「ええ。私が気負いなく接することができるのは、貴方だけなのです」

その言葉を、素直に喜ぶ気にはなれない。きっと彼女の生活は、僕が想定するよりもずっと孤独なのだ。

「なら、冬休みにもこっちにくればいいのに」

「たまに来ていますよ。冬も。春も秋も。貴方が気づかないだけです」

彼女はまったく仕方がないという風にため息をついた。

「休みなんて関係がないのです。場所も時間も選ばずに入れ替わる私が、本当に学校に通っていると思っていたのですか？　まさか、そんなわけはありませんね。貴方は私の色々な嘘に、ぜんぶ笑って騙(だま)されているふりをしているだけです」

「そんなことはないよ」

「どこがです？」

僕は答えない。とりあえず微笑んでみた。彼女は相変わらずの無表情だ。

とても残念なことだけど、僕は彼女が思っているほどは、彼女のことを理解していない。ただ、少しでも深く理解できればいいと願っているだけだ。

「なんにせよ、嬉しい話だね」

浦川さんに、特別な存在だと思ってもらえているようで。

正直なところ、彼女にとっての僕は、あまり重要な存在ではないんじゃないかと疑っていた。今でもまだ、彼女にとっての僕の価値を確信することができない。

ペットボトルのカルピスウォーターを一口飲む。口内に甘みが広がり、消えて、舌の上には微かな酸味だけ残った。

彼女はベンチから立ち上がり、大きく一度、伸びをした。

僕も腰を上げる。神社に繋がる石段の隣に、古くて今にも朽ち果てそうな母屋がみえた。もう何年も、誰にも使われていないのだろう。

ふと思い出す。

「ずいぶん前に、あそこに忍び込んだことがあったね」

たしかまだ小学生だったころの話だ。

急に雨が降ってきて、屋根があるところを探していると、母屋の鍵が開いているのを発見したのだ。

「ええ――」

そう言ったきり、浦川さんはしばらく黙り込む。

僕は彼女の顔を覗いた。彼女は母屋から視線を逸らさない。

「ツミキ。私はほんの数日前、あそこに行きました」

浦川さんは数日前の入れ替わりで、神社の母屋を訪れたのだという。雨宿りをしていた小学生のころの浦川さんと入れ替わったのだ。彼女が指先を切る直前のことだった。たしかにあのとき現れた、小さな浦川さんの髪は濡れていた。

彼女が入れ替わるとき、服や肩にかけた鞄、手に持った本なんかも、一緒に別の時間に移動する。その効果の正確な範囲はわからないけれど、服のすそに引っかかったパズルのピースが移動しても、おかしなことはない。

僕たちは母屋へ向かう。思わず小走りになった。

入り口の鍵は開いている。

僕たちはドアノブに手をかける。きぃ、と甲高い音をたてて、扉は開く。

もしもここに、パズルのピースがあるのなら。

「頭痛がします」
と浦川さんは言った。

僕は彼女をみつめる。白いブラウス、深い藍色のスラックス、背中の中ほどまで伸びた黒髪、右手中指の先に巻いた黄色い絆創膏――

その姿が、揺らぎ、薄らぐ。

「これが、最後です」

そういって、彼女は消えていく。

最後の入れ替わり。それは、パズルのピースがみつかる前に起こる。彼女は過去と入れ替わり、幼い僕に語りかけなければならない。――失くしたピースはみつかるでしょうか。

次に現れたのは、七年前の、僕たちが出会ったころの浦川さんだった。

小学三年生のころの彼女。相変わらずの無表情だ。ショートカットが少しだけ、懐かしく感じる。改めてみつめても、なんて綺麗な子なんだろう。

彼女はこちらを見上げた。

「貴方は、ツミキですね？」

そうだ。僕はツミキだ。

「どうして黙っているんです？」

そっと首を振る。

「なんでもないよ。きみが、あんまり綺麗で驚いてたんだ」

小学三年生の浦川さんは、わずかに首を傾げた。

「ツミキ。私はようやく、貴方に出会いました。現実の時間で、同じ歳の貴方と」

「うん」

「この時間の私は何歳ですか？」

「一五歳」

「私との仲は良好ですか？」

「相変わらずさ。いたって良好だよ」

彼女の姿が、そっと薄らぐ。

「それはよかったです」

と浦川さんが笑う。無邪気に、まるで当たり前の女の子みたいに。

僕は思わず、彼女に手を伸ばそうとした。それを自制したのも、意識した行動ではなかった。

小学三年生の浦川さんは消えて、高校一年生の浦川さんが現れる。

「やはり、小学三年生のころと入れ替わりましたね。もうこれから、私が入れ替わることはありません」

彼女はいつものメモ帳を取り出してから、もう記録は必要ありませんね、と呟いた。

僕たちは母屋に入る。

パズルのピースは驚くくらいにあっけなく、さも当然だという風に、その床に転がっていた。灰色に汚れている。湿気でたわんで、少しだけ反り返っている。でもたしかに白いピース。

浦川さんは綺麗な指でそれを拾い上げ、じっくりと確認した。

僕は口を開く。彼女に最後の入れ替わりが起きたら、そうしようと決めていた。

「きみが好きだ」

そんな単純な言葉を、口にするのは初めてだった。

彼女はこちらをみて、少しだけ笑った。

「想定したよりもシンプルでしたね」

「何度も考えたんだ。誤解のない言葉にしようと思った」

「ツミキ。私も貴方が気に入っていますよ。貴方は色々なことに無関心で、なのにいつもとても優しい」

「なら――」

「でも」

彼女は、僕の言葉を遮って、それからしばらく黙りこんだ。

それから静かに首を振って、ゆっくりとした口調で続けた。

「でも、七年間は長すぎました。ツミキ、私は貴方を知っています」

それは、僕も同じだ。

彼女の言葉の続きがわかる。

「貴方は私が消えない方法について考えたのですね。別の時間の私と入れ替わる、この不可解な現象だけが消え去ればいいのだと思った。そうすればもちろん、今より未来の私と入れ替わることはありません」

当たり前だ。

彼女が普通の女の子に戻る。それが自然な解答だ。

「次に貴方は、どうして私にこんな現象が起こるのか予測する。それから、出会ったころに私が話したことを思い出す」

私はとても不安定なのですよ。それこそ、幽霊みたいに。

どうしても今いるここが、私の居場所だとは思えないのです。

「なら、その居場所を作ればいいのだと結論を出す。そして貴方自身が、私の居場所になろうとする」

まったく、その通りだった。

ただのひとつも間違っていない。

「ツミキ。貴方は優しい。私をどう思っていようと、特別な好意があろうとなかろうと、私に告白するでしょう」

「違う。僕はきみだから、一緒にいたい」

「それはただの感傷です。なくなってしまいそうだから、なんとなく勿体（もったい）ないような気がしているだけです」

「きみには、僕の心はわからない」

「それでは貴方にはわかっているのですか？　貴方自身の心が」

頷（うなず）いてしまえばよかった。自信を持って、当然だという風に。

でも僕には、答えることができなかった。

「三年前、私が消えたとき。たしかに入れ替わったはずなのに、貴方の前に別の私が現れなかったとき。私は未来の、きっと今よりも少しだけ未来の貴方をみました」

浦川さんは黒い、背中まで伸びた黒髪に白い指先で触れる。

「貴方は誰か、女の子を抱きしめていましたよ。この世界に、それよりも大切なものはないというように」

そんな、ばかな。

「その子の顔をみたの？」

「いえ。みえませんでした。心当たりがあるのですか？」

「ないよ。可能性があるのは、きみだけだ」

「でも私が存在していたなら、入れ替わっているはずです。私が同時にふたり存在することは、ありえません」

彼女が彼女の姿をみることはない。

今まで、一度も、そんなことは起こらなかった。

浦川さんは笑う。彼女らしくもなく、朗らかに。

「当たり前のことが、当たり前に起こっただけです。貴方は私がいなくとも、幸せになれるのです」

そんなはずはない、と僕は信じていた。

4

屋根裏部屋に戻った僕たちは、まっ白なパズルと向かい合う。

もう三年間も、夏がくるたびに繰り返しそうしてきた。同じような形のピースが、少しずつ個性を持ってみえてくる。一辺の長さのわずかな差異が、致命的な問題として浮かび上がる。それらがみんな絡み合い、まっ白な長方形を作り上げていく。

僕たちに必要なのは、きっとこういう作業だ。

途方もない数のピースをひとつずつ、なんのヒントもなく手探りで、正しい場所に導いていく。本当は僕たちも、そうするべきだった。白いパズルは僕であり、浦川さんだ。でもそれらは、長い時間手つかずのまま放り出されていた。現実に組みあがっているのは、この厚紙だけだ。

僕たちは、交互にピースをはめ込んでいく。

残りのピースの数は、目に見えて少なくなっていた。それに合わせて、正解のピースがみつかる頻度が上がる。可能性の限定。

もしも本当に浦川さんが消えてしまうなら、と考える。

それはあまり先のことではないだろう。つじつまを合わせるために入れ替わりの頻度が上がったのなら、その延長線上に彼女の消失がある。

一昨日は二回、昨日は三回、彼女は入れ替わった。

さらに、今朝と昼過ぎに一回ずつ。

なら今日のうちに、浦川さんが消えてしまってもおかしくない。きっと彼女自身が、そう考えている。

目の前で彼女が消えてしまったとして、僕は涙を流すだろうか。

彼女が消えてしまったとき、僕はなにを考えるのだろう。彼女が消えてしまった翌朝、僕はどんな風に目を覚ますのだろう。いったいなにを食べて、どんな音楽を聴いて、なにに対して笑いかけるのだろう。僕にはひとつも想像できない。

「貴方の番ですよ」

僕はパズルをみつめて、かみ合いそうなピースを手に取る。ここだと思った場所に押し当てるけれど、でっぱりの形が少しだけ違う。次のピースに手を伸ばす。

「ツミキ」

「なに?」

「七年前、どうして貴方は、ここにこようと思ったのですか?」

「あんまり理由はないよ。ただひとりになりたかった」

「どうして?」

「たまにあるんだ。誰にも会いたくなくなることが。浦川さんは、そういうのない？」

「私は基本的に、人に会いたくはありません」

「でも、小説は読むよね」

「だから、小説を読むのです。誰にも会わなくていいように」

「小説にはたいてい、人が出てくる」

これしかない、と思えるピースをみつけた。それはするりと、扉を開けて自分の部屋に入るように、周囲のピースとかみ合った。

「きみの番だよ」

浦川さんは、じっくりとピースの形を確認する。

「小説の登場人物は、私に対して無関心です。ただ自分たちの物語を完結させるためだけに動きまわる。私は、彼らと顔を合わせているわけではありません」

それが、浦川さんの距離感だ。視界に入るし、なにをしているのかもよくみえる。でも互いの人生には関わらない。

きっと浦川さんにとっては、僕もそういう距離にいる。

「私はそれでいいのです」

彼女はみっつのピースを手に取って、順番にパズルに当てはめていく。最後のひとつが正解だった。

「貴方の番です」

七年間。それはたしかに、長すぎた。僕はいつの間にか、多少なりとも彼女のことを理解しているような錯覚に陥っていた。

ある冬の日のことだ。

僕は意味もなく、自転車に乗ってこの洋館までやってきた。小学生のころよりは速くても、それでも冷たい風の中を三〇分近く、自転車をこぎ続けた。僕は浦川さんに会いたかった。ここに彼女がいないとわかっていても、寒さに震えながら自転車をこぐらいに。そしてそのとき、洋館には灯がともっていた。

浦川さんがいるんだ、と僕は思った。だからしばらく、道端からこの洋館を眺めていた。そしてそのまま、自転車に乗って家に帰った。

もし僕と同じように、浦川さんも僕に会いたがっているのなら、彼女の方から連絡があるだろう。ここまで来ているのに連絡がないのなら、おそらく彼女は、僕に会いたくなんかないのだろう。そう考えた。僕は彼女のプライベートな時間に無理やり踏み込んで、嫌われることを怖れていた。

もしもあのとき、この扉をノックしていたら、なにかが変わっていただろうか。もうずっと昔に交換した番号に、一度でも電話をかけていたなら。いつでもいい、もっと早いタイミングで彼女に告白していたなら、なにかが変わっていただろうか。もし変わっていたとすれば、それと同様の変化を、今から手に入れることは可能だろうか。

僕は彼女が先ほどまで手にしていたピースのひとつをつかむ。それを彼女がはめ込んだピースの隣に置く。パズルはこんなにも素直にかみ合う。

「お願いがあるんだ」

「なんですか？」

「もしも僕たちが、これからひとつも間違えずに、パズルのピースを置くことができたら、きみは消えないでいてよ」

残りのピースは15個だ。どれも似たような形で、簡単に見分けはつかない。

彼女はピースのひとつを指先に絡めるように持ち、くるりと回して確認する。

「私だって別に、消えたくて消えるわけではありませんよ」

「じゃあ消えないことを、心の底から望んで欲しい」

彼女はしばらくの間、じっとこちらの顔をみつめていた。

だけどなんにも答えずに、ピースをパズルに落とし込んだ。

ピースはぴたりと、はまり込む。

彼女は驚いたように、自分の指先を眺める。

「ちゃんと考えてみたんだ。きみがいなくなることについて。できるだけ素直に、じっくりと考えてみたんだよ。本当はもっと早く、そうしなければいけなかった」

浦川さんがいなくなることについて。浦川さんが隣にいることについて。もっと、ずっと前から考えないといけなかった。

僕はパズルのピースを観察する。

すべての直線と曲線が持つ意図をくみ取ろうと集中する。

それでもなんの確信もないまま、ひとつのピースに手を伸ばす。

「きみが消えるのは、嫌だ」

偶然だとしても。それは綺麗に、パズルの一部に納まった。


浦川さんはじっくりと時間をかけて、なんだか怯えるように、パズルのピースに手を伸ばす。その姿をみて僕は、少しだけ安心する。彼女はきちんと、間違えずにこのパズルを完成させようとしている。

いつの間にか日が暮れかかっていた。天窓からは茜色の混じった光が差し込み、僕らの影を長く伸ばしていた。パズルはもう、ほとんど完成している。中心よりも少し右下に、全部で9ピースぶんの穴があいている。それだけだ。

浦川さんが怖々と、またひとつ穴を埋める。残りは8ピースになった。

このパズルは、僕が最初に、ひとつ目のかどを置いたところから始まっている。ピースの数は偶数だから、最後のひとつは浦川さんが置くことになる。それは神社の母屋で数年間を過ごした、あのピースになる予定だった。話し合って決めたわけではない。ただ自然とそのピースはよけられ、特別な地位を与えられている。

僕はパズルの完成さえ、少しだけ淋しかった。彼女と共にこのパズルを作り上げていくことが、あまりに日常の一部として馴染んでいたから。日常を失うことは、なんであれ淋しい。

パズルの穴は、ひとつずつ埋まっていく。残りが6ピースになり、5ピースになる。

「どうやら、間に合いそうですね」

浦川さんが、パズルから手を離す。これであと、4ピース。

「ツミキ。もし私が奇妙な特性を持たない、普通の人間なら、私たちはどんな関係になっていたのでしょうね」

意図したものだろう、彼女の声は満足げに聞こえた。

僕は次のピースをつかむ。孤立したピースがひとつずつ減っていく。その姿はなんだか母親の迎えを待つ、幼い子供のようだった。かみ合うピースは、家族と手を繋(つな)ぐようだった。

「きっとなにも変わらないよ。それにきみは、普通の女の子だ」

たとえば彼女は、幽霊なんかじゃない。

シンプルなようで、心の奥はなかなかみえない、少しだけミステリアスな、普通の女の子だ。そのことに気づくのに、僕は七年もかかった。

「では、もしも私の両親が、事故に遭っていなかったら？　いつまでもこの家で家族仲よく暮らしていたら？　そもそも私たちは、出会うこともなかったでしょう」

浦川さんが、残り3つのピースのひとつを選び、パズルに繋げる。

「どうかな？　中学校や高校で、もしかしたら出会っていたかもしれないよ。そして放課後の教室や屋上なんかで、色々なことを話すんだ」

「なるほど。そうかもしれません」

僕は、999個目のピースを埋めた。

残ったのは、ひとつだけだ。

浦川さんはその綺麗な指先で、そっと二回、最後のピースをつついた。それから静かで精密な動作で、最後の穴まで運んだ。

長い間放置され、湿気で少し歪んだピースは、あまり綺麗にはまらない。

「いまいち、しまらない結末ですね」

浦川さんはくすりと笑う。

「実のところ、少しだけ期待していたのです。このパズルが完成したとき、なにかどうしようもなく幸福な奇跡が起こるのではないか、と」

「もしかしたら、もう少し待ったら起こるのかもしれない」

「そうですね。でも、私にはそれをみることはできないようです」

彼女は立ち上がる。

僕も彼女の隣に立った。

「頭痛がします」

それは、彼女が不安定に揺らぐ予兆だ。でも浦川さんは、もう過去とは入れ替われない。今より未来と入れ替わったことは、これまでに一度もない。

夕焼けは一層濃く、赤くなっていた。浦川さんの顔が、よくわからない。

「できれば、髪を切りたかったのです。でもその時間はないようです」

「髪？」

「ええ。私は、短い方が好きです」

ならどうして彼女は、髪を伸ばし始めたのだろう？　きっとその理由は簡単で。そのことにこの三年間で気づけていたなら、話はもっと単純だった。ずいぶん遅くなったけど、僕はようやく、それに気づいた。

「最後に、握手してもらえませんか？」

彼女は右手を差し出す。

僕は柔らかく、それをつかむ。

「ありがとうございます」

そう言った浦川さんの輪郭が、わずかに揺らいだ。

彼女は僕の手を離そうとする。僕はその手を強く握りしめる。そのまま、彼女を抱き寄せる。

腕の中の浦川さんは、思い描いたよりもずっと温かい。こんなに簡単なことを、今まで一度もしなかった。

「どういう、つもりですか？」

「きみが入れ替わるとき、持っていたものも一緒に時間を移動する。なら、抱きしめた相手はどうだろう？」

「今回は、移動ではない。消えてなくなるのですよ？」

僕は首を振る。

「よく考えたんだ」

「貴方まで一緒に消えるつもりですか？」

「違う」

そんなことは、起こりえない。三年前の浦川さんは、僕が女の子を抱きしめている姿をみている。僕が女の子を抱きしめるのは、これが初めてだった。今僕たちが消えてしまったら、つじつまが合わない。

それは、パズルのピースみたいに。綺麗な答えは、ひとつだけだ。

「きみも僕も、消えたりしない」

「でも。私は、こんなにも、揺らいで——」

「そんなことはない。きみは、ここにいる」

こんなにも簡単なことなのに。

僕は今まで一度も、不安定な浦川さんに手を伸ばしたことがなかった。どこにもいかないでほしいと、行動したことがなかった。僕たちは互いに怯えていたんだろう。相手から近づいてくるのを待って、じっと動かずにいた。だから、近づけなかった。

腕の中で、浦川さんが泣いているのがわかる。僕は彼女を抱きしめたまま、耳元に口を近づける。

「僕は、きみが、好きだ」

すぐ目の前、抱きしめた浦川さんのまうしろに、中学一年生の彼女が現れる。彼女は一五歳の浦川さんの綺麗な黒髪をじっとみつめて、口元に力を込める。複雑にみえて、でもきっとシンプルな表情を浮かべて、消える。

それでも高校一年生の浦川さんは、まだ僕の腕の中にいる。

たしかな実体を持って、温かな涙を流している。

彼女は、上擦った声で答えた。

「私もです」

夕日が消えて、夜が来るまで、僕は彼女を抱きしめていた。

＊

翌日、洋館に浦川さんの姿はなかった。

鼓動が速くなる。――まさか、消えてしまったのだろうか？

ともかく辺りを捜してみようと駆け出す直前、携帯電話が鳴った。画面には彼女の名前がある。

「浦川さん？」

長い、長い、沈黙の後で。

彼女は小さな声で、「はい」と答えた。

「どこにいるの？」

「実は、今朝から祖父の家に戻っているのです」

電話越しに彼女の声を聞くのは初めてだった。そのせいだろうか、なにか戸惑っているような、奇妙な気配を感じる。

ともかく、僕は尋ねる。電話を強く握りしめて。

「どうして？」

今日は一緒に、新しいパズルを買いに行こうと思っていたのだ。

彼女はまた、長い間、黙り込んだ。それから小さな声が聞こえてきた。

「恥ずかしくて、貴方に会えません」

つい笑ってしまう。

これも、初めてのことだ。僕は恥ずかしがる浦川さんの姿をみるために、彼女を迎えに行こうと決めた。

「ホワイトパズル」了

本書は、二〇一〇年十二月に角川スニーカー文庫より刊行された『サクラダリセット4　GOODBYE is not EASY WORD to SAY』を修正し、改題したものです。

さよならがまだ喉(のど)につかえていた

サクラダリセット4

河野裕(こうのゆたか)

平成28年 12月25日　初版発行
令和5年 12月10日　5版発行

発行者●山下直久

発行●株式会社KADOKAWA
〒102-8177　東京都千代田区富士見2-13-3
電話　0570-002-301(ナビダイヤル)

角川文庫 20112

印刷所●株式会社KADOKAWA
製本所●株式会社KADOKAWA

表紙画●和田三造

●お問い合わせ
https://www.kadokawa.co.jp/（「お問い合わせ」へお進みください）
※内容によっては、お答えできない場合があります。
※サポートは日本国内のみとさせていただきます。
※Japanese text only

ISBN978-4-04-104208-3　C0193

角川文庫発刊に際して

角　川　源　義

第二次世界大戦の敗北は、軍事力の敗北であった以上に、私たちの若い文化力の敗退であった。私たちの文化が戦争に対して如何に無力であり、単なるあだ花に過ぎなかったかを、私たちは身を以て体験し痛感した。西洋近代文化の摂取にとって、明治以後八十年の歳月は決して短かすぎたとは言えない。にもかかわらず、近代文化の伝統を確立し、自由な批判と柔軟な良識に富む文化層として自らを形成することに私たちは失敗して来た。そしてこれは、各層への文化の普及滲透を任務とする出版人の責任でもあった。

一九四五年以来、私たちは再び振出しに戻り、第一歩から踏み出すことを余儀なくされた。これは大きな不幸ではあるが、反面、これまでの混沌・未熟・歪曲の中にあった我が国の文化に秩序と確たる基礎を齎らすためには絶好の機会でもある。角川書店は、このような祖国の文化的危機にあたり、微力をも顧みず再建の礎石たるべき抱負と決意とをもって出発したが、ここに創立以来の念願を果すべく角川文庫を発刊する。これまで刊行されたあらゆる全集叢書文庫類の長所と短所とを検討し、古今東西の不朽の典籍を、良心的編集のもとに、廉価に、そして書架にふさわしい美本として、多くのひとびとに提供しようとする。しかし私たちは徒らに百科全書的な知識のジレッタントを作ることを目的とせず、あくまで祖国の文化に秩序と再建への道を示し、この文庫を角川書店の栄ある事業として、今後永久に継続発展せしめ、学芸と教養との殿堂として大成せんことを期したい。多くの読書子の愛情ある忠言と支持とによって、この希望と抱負とを完遂せしめられんことを願う。

一九四九年五月三日

つれづれ、北野坂探偵舎
心理描写が足りてない

河野 裕

探偵は推理しない、ただ話し合うだけ

「お前の推理は、全ボツだ」——駅前からゆるやかに続く神戸北野坂。その途中に佇むカフェ「徒然珈琲」には、ちょっと気になる二人の“探偵さん”がいる。元編集者でお菓子作りが趣味の佐々波さんと、天才的な作家だけどいつも眠たげな雨坂さん。彼らは現実の状況を「設定」として、まるで物語を創るように議論しながら事件を推理する。私は、そんな二人に「死んだ親友の幽霊が探している本をみつけて欲しい」と依頼して……。

角川文庫のキャラクター文芸

ISBN 978-4-04-101004-4

ISBN 978-4-04-102382-2